二十四隻瞳

二十四の瞳

壺井榮 著

黃鴻硯 譯

目次

總序

幡：日本近代的文學旗手

楊照

認識日本的近代文學，一定會提到夏目漱石。夏目漱石在一九〇〇年到英國留學，三年後，一九〇三年回到日本。具備當時極為少見難得的留學資歷，夏目漱石一回到日本就受到文壇的特別重視。在成為小說創作者之前，夏目漱石已經先以評論者的身分嶄露頭角，取得一定的地位。

一九〇七年夏目漱石出版了《文學論》，書中序文用帶有戲劇性誇張意味的方式如此宣告：

……我決心要認真解釋「什麼是文學？」，而且有了不惜花一年多時間投入這個問題的第一階段研究想法。（在這第一階段中，）我住在租來的地方，閉門不出，將手上擁有的所有文學書籍全都收藏起來。我相信，藉由閱讀文學書籍來理解文學，就好像以血洗血一樣（，絕對無法達成目的）。我發誓要窮究文學在心理上的必要性，為何誕生、發達乃至荒廢。我發誓要窮究文學在社會上的必要性，為何存在、興盛乃至衰亡。

這段話在相當意義上呈現了日本近代文學的特質。首先，文學不再是消遣，不再是文人的休閒娛樂，而是一件既關乎個人存在，也關乎社會集體運作的重要大事。因為文學如此重要，所以也就必須相應地以最嚴肅、最認真的態度來看待文學，從事一切與文學有關的活動。

其次，文學不是一個封閉的領域，要徹底了解文學，就必須在文學之外探求。文學源於人的根本心理要求，也源於社會集體的溝通衝動。弔詭地，以文學論文學，反而無法真正掌握文學的真義。

夏目漱石之所以凸出強調這樣的文學意念，事實上，他之所以覺得應該花大力氣去研究並書寫《文學論》，是因為當時日本的文壇正處於「自然主義」和「浪漫主義」兩派熱火交鋒的狀態，雙方尖銳對立，勢不兩立。夏目漱石不想加入其中的任何一方，更重要的，他不相信、不接受那樣刻意強調彼此差異的戰鬥形式，於是他想繞過「自然主義」及「浪漫主義」，從更根本的源頭上弄清楚「文學是什麼」。

日本近代文學由此開端。從十九、二十世紀之交，到一九八〇年左右，這條浩浩蕩蕩的文學大河，呈現了清楚的獨特風景。在這裡，文學的創作與文學的理念，或者更普遍地說，理論與作品，有著密不可分的交纏。幾乎每一部重要的作品，背後都有深刻的思想或主張；幾乎每一位重要的作家，都覺得有責任整理、提供獨特的創作道理。在這裡，作者的自我意識高度發達，無論在理論或作品上，他們都一方面認真尋索自我在世界中的位置，另一方面認真提供他們從這自我位置上所瞻見的世界圖象。

每個作者、甚至是每部作品，於是都像是高高舉起了鮮明的旗幟，在風中招搖擺盪。這一張張自信炫示的旗幟，構成了日本近代文學最迷人的景象。

針對日本近代文學的個性，我們提出了相應的閱讀計畫。依循三個標準，精選出納入書系中的作品：第一，作品具備當下閱讀的趣味與相關性；第二，作品背後反映了特殊的心理與社會風貌；第三，作品帶有日本近代文學史上的思想、理論代表性。也就是，書系中的每一部作品都樹建一竿可以清楚辨認的心理與社會旗幟，讓讀者在閱讀中不只可以藉此逐漸鋪畫出日本文學的歷史地圖，也能夠藉此定位自己人生中的個體與集體方向。

導讀

她雙眼的凝視：《二十四隻瞳》的經典意義

楊照

一九二八年，二十九歲的壺井榮參加《婦女界》雜誌的「讀者日記」徵文，以自身真實的日記為依據，寫出了〈普羅文人之妻日記〉，那是她以自身名義公開發表的第一篇作品。

《婦女界》創刊於一九一〇年，這時期出現許多「婦人雜誌」，如《婦人公論》、《主婦之友》、《婦人畫報》、《婦人俱樂部》等。這些在明治末年到大正年間先後出現的「婦人雜誌」原本服膺於現代啟蒙運動浪潮的價值觀，目的在於教導女性成為賢妻良母，雜誌內容自然也就集中於提供如何在變動新時代做個好太太、好媽媽所需的種種知識和技能。

其中，《婦女界》格外著重於文學與藝術，反映了當時日本的一種文明觀，主張為了對家庭，尤其對小孩能更有效發揮正面影響，女性也應該接受文藝的陶冶。在這樣的編輯方針之下，《婦女界》大量刊登知名文學作家的作品，泉鏡花、谷崎潤一郎、菊池寬、久米正雄、藤澤桓夫等人都在《婦女界》的作者之列。

進入昭和年代，《婦女界》和其他婦人雜誌的性別意識開始有了微妙的移轉。從男性啟蒙者來教導女性，先是逐漸增加了有經驗、有代表性的女性典範來向年輕無經驗女性示範說明的內容，再下來就進一步有了讓女性自身能在雜誌上發表生活體會的嘗試。壺井榮就是在如此提高女性社會能見度的新潮流中，首度在日本文壇登場。

雖然還不到三十歲，她卻已經具備了相當的條件。處女作〈普羅文人之妻日記〉中指的「普羅文人」，是她的丈夫壺井繁治。壺井繁治比壺井榮大兩歲，兩人是香川縣的同鄉，不過年少時繁治就到東京就讀於早稻田大學，並且接觸了激進的無政府主義思想，積極投身在無政府主義運動中。年長一點之後，繁治的政治態度稍微「保守」了一點，也就是從無政府主義退而參與日本共產黨。因而壺井榮文章標題所說的「普羅文人」，描述的不是一般窮困無產的文人，是一個有堅定共產主義信仰，並積極以詩與文章介入社會運動的人。

二十六歲和壺井繁治結婚後，壺井榮搬到了東京世田谷區，在那裡遇到了好幾位日本近代文學史上的重要人物。包括將自己的素樸窮困生活日記出版、竟然成為大暢銷書的

《放浪記》作者林芙美子；年紀輕輕就輾轉在咖啡館和餐廳當「女給」（即咖啡店女服務生），因而結識了菊池寬、芥川龍之介等名作家，後來又以自己的服務生經驗寫成帶有高度階級與勞動意識小說的佐多稻子；還有出身世家，不到二十歲就能前往美國哥倫比亞大學當旁聽生，被視為天才少女作家，卻選擇站在受壓迫的弱勢者一方，積極推動「普羅文學」的宮本百合子。

她們的共同之處很明顯，都是善於運用文字，又抱持著社會主義價值觀的女作家。在這樣的環境中，壺井榮會一出手就寫〈普羅文人之妻日記〉，也就不意外了。

一九三〇年代，日本軍國主義興起，不斷升高對於左翼運動的鎮壓，壺井繁治多次進出出牢獄，壺井榮的文學寫作也一度中斷。一九三六年，好友佐多稻子推薦壺井榮閱讀當年的頭號暢銷小說：坪田讓治的《風中的孩子》，藉由這部當時衝擊社會的作品，灌輸壺井榮兩個觀念：一是在這樣社會主義運動艱難的時期，左翼文人可以做、應該做的，是寫能夠給孩子看、能夠改變孩子人生觀的作品。《風中的孩子》描述一個父親突然遭誣控而入獄的小孩如何在社會上嘗盡苦楚辛酸，不需要一句口號，就能讓讀者同情底層生活者，感受到不公平帶來的傷害，而且以小孩為主角的小說，還能自然吸引孩子好奇乃至認同。還有第二個觀念，佐多稻子認為壺井榮具備書寫兒童文學的充分能力。

第二年，《風中的孩子》由松竹映畫改編為電影，造成更大的轟動，刺激了壺井榮接受佐多的建議，開始認真創作兒童文學。經歷戰爭，到戰後，壺井榮快速崛起，成為日本知名的兒童文學作家，和不同畫家合作出版了許多膾炙人口的繪本。

一九四八年，壺井榮接受《每日小學生新聞》約稿，寫了連載小說〈海邊村莊的孩子們〉，三年之後，這部小說出版單行本時，壺井榮卻決定將書名改題為《沒有母親的孩子與沒有孩子的母親》。會將小說場景設在「海邊村莊」，因為壺井榮自身在香川縣小豆郡長大的，那是靠近四國的小島，必須搭渡船才能抵達四國的主要城市高松。那樣的地方空曠、荒涼，而且必然是偏僻而貧窮的。至於後來決定將小說改為這麼悲哀的書名，是由於壺井榮要凸顯出，還有比在偏僻與貧窮的「海邊村莊」生活更難耐、更折磨的經驗。

那就是戰爭。戰爭帶來的破壞全面且深入，使得母親失去了孩子，也讓孩子失去了母親。

這樣的背景和主題，在一九五二年發表的《二十四隻瞳》中持續出現。小說開場的年代，是昭和三年，一九二八年，在「瀨戶內海邊的一個貧窮村莊」，新的學年開始，學生們好奇地等待著新老師到來⋯⋯

貫穿整部小說敘述的，是大石老師。由於大石老師在小說中的突出形象，很多評者理所當然將《二十四隻瞳》定位為「教育小說」，強調大石老師對學生的照顧與教導。不過讓我們不要忘了，這部小說的書名，明白地點出了那二十四隻眼睛，那是盯著老師看的十二個學生的眼睛。這十二個學生，而不是老師，是小說真正要描述並記錄的。大石老師作為敘述的中心，是為了透過她讓我們看到十二個孩子的面貌、個性，更重要的，在這段時間中的遭遇與變化。

《二十四隻瞳》不是「愛的教育」，也不是「真善美」，寫的不是大石老師如何春風化雨成功教育的故事。剛好相反，小說中浮現的，毋寧是老師的無奈與無力。大石老師充滿熱情與活力，以和之前典型鄉村教師不同的積極態度親近學生，激發了學生相對的感情，然而才教沒多久，她就被迫因為腳傷而請假，接著，還有更大的陰影在等著她、阻礙她成為一位稱職的老師。

那陰影表面呈現的，是海邊荒村的生活艱難，小孩要完成義務教育都不容易了，更不用說後續的教育發展。然而，慢慢地，生活艱難的影響程度不得不讓位給更可怕的風暴了，那就是戰爭，尤其是戰爭宣傳給予孩子的扭曲洗腦。戰爭的可怕不只在奪走許多上戰場的戰士性命，還為了讓戰爭繼續遂行，而灌輸孩子不珍惜生命，以政治口號、軍事信仰來取代基本生命價值與尊嚴。

在這樣的環境中，還能如何作為一個老師？大石的挫敗是雙重的，一方面她無能真正保護、照顧這二十四隻眼睛的十二個幼小主人；另一方面，她所生存的時代強加上孩子身上的價值觀，根本就是和老師的職務徹底背離的。當她甚至無法讓自己的兒子認為爸爸活著當然比「光榮」戰死要好時，這樣的老師還能教學生什麼呢？

《二十四隻瞳》小說內在的訊息是沉重而痛苦的，是壺井榮延續了年輕時左翼經驗與信念，充分開展對於戰爭的批判。然而這部小說之所以成為經典，也就在於壺井榮用了收斂、溫情，而不是嚴厲吶喊的筆法。自身的記憶和左翼信念，讓她得以充滿同情地細筆刻畫海邊荒村每個小孩的家庭與生活；寫作兒童文學累積的經驗，讓她能夠精巧地賦予每個孩子不同的鮮活形象；特殊的女性生命韌性，又讓她帶上幽默的笑意，形塑令人難忘的大石老師，成就了令人難忘的小說角色。

一 小石老師

若說十年為一昔，那麼本故事的開端便是在二昔半前。當年的世間要事是政府修改了選舉規則，頒布普通選舉法，並於二月舉行第一次選舉。兩個月後，昭和三年四月四日，一名年輕的女老師前往瀨戶內海邊的小村莊赴任教職。那是什麼樣的村子呢？冠上任何農山漁村之名都會顯得合宜的村子。

這一帶有個細長海岬包圍著海灣，使之狀似湖泊，而住家百餘戶的小村就坐落海岬尖端。村民要去對岸的城鎮或村落，只能划船渡海，或一步一步走過不斷蜿蜒延伸的海岬山路。交通相當不便，因此一到四年級的小學生都在村落內的分校上課，升上五年級才開始到校本部就讀，通學路單程長達五公里。穿手工草鞋走個一天，鞋帶就斷了。而學生都引以為傲。對他們來說，每天早上取出一雙新鞋肯定是件開心的事。自己親手做草鞋也是升上五年級的工作之一。每到禮拜天便集合到某人家一同做草鞋，也是十分愉快的事。年紀更小的孩子會以欽羨的眼光看著他們作業，不知不覺間記住草鞋的編法。看在小朋友眼中，升上五年級簡直代表「自力更生」了。不過分校生活也很愉快。

分校有兩個教師職位，每次總是會來一個年紀一大把的男老師，和一個年輕得像小孩的女老師。從很久很久以前到現在都維持這樣的組合，彷彿依循什麼規定似的。男老師會住進教室辦公室旁邊的夜間值班室，女老師走一大段路通勤；男老師擔任三、四年級生的級任老師，女老師則是負責一、二年級生，還教所有音樂課和四年級女生的裁縫課，這些也是以前就開始的固定安排。學生不以姓名稱呼老師，而是叫他們男老師、女老師。男老師一向安穩地占住職位，期待退休金。相對地，女老師往往待個一年，最多兩年後便調職了。有傳言說，當不成校長的男性教師，他的教學生涯終點及新任女老師的辛勞起點，都落在這海岬之村的小學分校內，但不知此話是真是假。看樣子八成是真的。

回到昭和三年四月四日。當天早上，海岬之村的五、六年級生雀躍地走在五公里長的通學路上，朝校本部前進。往上升一個年級讓所有人都心情亢奮，腳步也變得輕盈。書包裝著新課本，從今天起就要到新教室接受新老師的授課。這份期待的作用下，平常行走的道路感覺也煥然一新。新鮮感的另一個來源是，他們將在這條路上與分校新來的女老師相遇。

「女老師會是什麼樣的傢伙呢？」

高等科（相當於新制下的國中生）的男孩子故意使用粗俗的「傢伙」一詞。

「這次來的可是剛出女學校的實習老師呢。」

「那還是個半吊子嘛。」

「反正會來海岬這裡的都是半吊子嘛。」

「這是窮人的村子，來的是半吊子也沒辦法囉。」

有的老師非出身正規師範體系，而是女學校畢業的準教員（相當於今天的助教吧）。說話難聽的大人稱她們是半吊子，小孩子便有樣學樣地掛在嘴邊，自以為老成，實際上並沒有什麼惡意。不過今天才首度走在這條路上的五年級生都聽到了，他們保持著通學族新成員的拘謹態度，眼睛眨呀眨的，大驚失色。不過認出路前方人影後率先發出歡呼的，也是五年級生。

「哇，是女老師！」

來者是不久前仍在為他們授課的小林老師。她平常只會快步通過學生陣，向眾人點頭問好，今天卻停下腳步反覆掃視大家的面孔，露出懷念的表情。

「今天真的要向各位道別了，以後你們在這條路上遇不到我了。要好好用功喔。」

聽到如此沉靜的語調，有些女孩子都泛淚了。至今只有小林老師打破先例，自上一位女老師生病辭職算起，在海岬之村待了三年半都沒走。因此，她在路上相會的學生都上過她的課。他們原本要等到新學期始業當天才會得知老師換人，但小林老師提早十天告知，相當破格。三月二十五日，學生們結束校本部休業式的歸途上，老師就站在此地附近一人發一盒牛奶糖，向大家道別。於是，大家都以為今天會在路上遇到新來的女老師，先一步迎來的卻是小林老師。她正要去分校向自己教的學生道別。

「老師，新來的老師呢？」

「不知道呢，你們應該快遇到她了吧。」

「新來的老師是什麼樣的人？」

「我還不知道啊。」

「又是剛出女學校的老師嗎？」

「哎，我真的不知道呀。不過大家不可以搗蛋喔。」

小林老師說著，露出笑容。她來的第一年曾在通勤路上被學生搞得很頭痛，甚至在大家面前流過幾滴淚。弄哭她的學生已經不在校了，他們是眼前這些孩子的哥哥或姊姊。到校本部上學的學生都知道，女老師大致上會因「年少涉世未深」和「不熟悉風土」這兩個緣故哭個一次，這在學生之間是個傳說。而新老師是繼小林老師之後睽違四年的女老師，好奇心使眾人激昂不已。和小林老師道別後，他們一面期待新老師現身，一面擬訂作戰計畫。

「要不要朝她大叫『薯女』啊？」

「如果她不是薯女咧？」

「我想她一定是的啦。」

孩子們掛在嘴邊的薯女是什麼呢？由於此地盛產番薯，而女學校位於番薯田中央，才有人想出這個惡作劇味濃厚的稱號。小林老師也是他們所謂薯女畢業的，便擅自認定新來的老師肯定也不例外。每過一個彎，眾人便朝前方張望。要來了嗎？看到了嗎？但不如預期，薯女畢業的年輕老師始終沒露面，學生們走著走著便踏上本村內的寬敞縣道了。就在那一刻，他們將女老師的事情拋諸腦後，開始小跑步。因為他們習慣查看的縣道旁旅館玄關的大時鐘，比平常快了十分鐘。其實不是時鐘變快，而是他們停下腳步和小林老師交談，耽擱了時間。眾人不斷奔跑，搖得背上或腋下的筆盒喀啦響，腳步揚起灰塵。

接著，他們要等到踏上歸途、從縣道轉進通往海岬的道路時，才會再度想起新來的女老師。而且從他們對面走來的，又是小林老師。她穿著袖子長長的和服，姿勢奇妙地擺動雙手，長袖翻飛。

「老師。」

「女老師。」

女孩子都跑過去了。老師的笑臉逐漸逼近，愈來愈清晰，大家才明白她作勢在拉一條隱形的繩索，一起笑了出來。她的雙手不斷交替擺動，彷彿真的有一條繩子可拉，拉著拉著，原本停下腳步的眾人便來到了她身邊。

「老師，新的女老師還沒來嗎？」

「來了呀，怎麼了？」

「還在學校？」

「啊，你問這個啊。她今天是搭船來的。」

「喔，然後又搭船走了？」

「對，她邀我跟她一起搭船回去，但我想再看一次大家的臉，就不搭了。」
「哇！」
女孩子發出開心的歡呼，男孩子則笑咪咪地看著她們。下一秒，有人提問了。
「新來的老師是什麼樣的人呢？」
「似乎是個好老師，很可愛。」
小林笑了，表情像是突然回想起什麼。
「薯女來的？」
「不是，不是，新老師是很厲害的老師喔。」
「但她是菜鳥吧？」
小林老師突然露出有點生氣的表情。
「她又不是你們的老師，為什麼要這樣說呢？沒有哪個老師一開始不是菜鳥的啊。你們又想弄哭她吧？就像當初弄哭我那樣。」
看到老師凶巴巴的表情，有些人心想：「被看穿了。」便別開視線。小林老師剛開始到分校教書時，學生們會故意排成一列，一下子對她行禮，一下子大喊「薯女」，還會猛盯著她，看到她身上彷彿都要穿出一個洞了，然後又對著她笑咪咪，想方設法整菜鳥老師。不過在三年半內，所有方法都失效了。老師不再感到困擾，反而會主動出招，開學生玩笑。通學路長達五公里，不做點什麼會很難熬吧。又有個學生逮到機會發問了。

「新來的老師叫什麼名字？」

「大石老師，不過她個頭很小。我雖然叫小林，身材還是瘦瘦高高的，但她真的很嬌小喔，只到我肩膀高。」

「哇！」

小林老師聽到樂開懷的笑聲，再度露出嚴厲的目光。

「不過她是比我厲害很多、很多的老師，不是我這種半吊子喔。」

「喔。那老師會搭船通勤嗎？」

學生的語氣像是在問一個重大問題，而老師也露出「癥結在這呢」的表情。

「只有今天搭船喔，明天就會跟大家碰到面了。不過新來的老師是不會哭的，因為我已經先跟她交代好了。我告訴她，來學校和回家途中會和校本部學生打照面，如果他們對妳惡作劇，當作是猴子在玩就好了；如果他們說話嘲弄妳，請當作小鳥在叫。」

「哇！」

「哇！」

所有人都笑了。他們一起笑著，目送踏上歸途離開的小林老師，直到她的背影消失在下一個轉角。過程中，他們一個接一個呼喊：

「老師！」

「再見！」

「美新娘！」

「再見！」

小林老師是因為結婚才辭去教職，這點大家都知道了。老師最後又回頭向大家揮手，連揮手都看不到後，大家心中只剩下古怪的悲傷，一日的疲憊也湧了上來，腳步變得好沉重。回到村莊，發現大夥兒雞飛狗跳。

「聽說新來的女老師穿著洋裝[1]。」

---

1 此處的洋裝是相對於日式傳統和服的西式服裝，並不限於連身裙裝。

「聽說新來的女老師不是薯女畢業的。」
「聽說新來的女老師是個矮個子。」
接著，隔天來臨了。學生擬訂了作戰計畫，要嚇唬這個非薯女畢業的小個子老師。

偷偷摸摸　偷偷摸摸
偷偷摸摸　偷偷摸摸

一路上，他們邊走邊竊竊私語，結果突然就被嚇破了膽。他們剛好走到很差的位置，在視野極差的轉角附近目睹一輛腳踏車。腳踏車在這條路上是很少見的，它像飛鳥般咻地逼近，下一刻便有一名穿洋裝的女子衝著大家笑。
「早安！」
然後她就像風一樣通過那群學生了。不管怎麼說，她肯定就是女老師，不會錯的。他們以為她會走路來，沒想到是騎腳踏車。他們過去不曾見過騎腳踏車的女老師。上班第一天就道「早安」的女老師，他們也是第一次碰到。所有人都愣了好一陣子，目送那背影遠去。學生們徹底落敗了。他們心想：看來她不是典型的新任教師，稍微對她惡作劇，她也不會哭的。

「真誇張呢。」

「明明是女生，騎什麼腳踏車。」

「有點跩呢。」

男孩子提出這類批評，但女孩子從不太一樣的觀點出發，進行熱議，很符合她們的作風。

「欸，她搞不好就是所謂的摩登女孩呢。」

「不過摩登女孩會像男生一樣，把頭髮剪到這麼短吧。」

說話者以兩根手指夾住耳後頭髮。

「那老師明明綁著頭髮呀。」

「但她穿著洋裝嘛。」

「她搞不好是腳踏車店的小孩呢，所以才會騎那麼漂亮的腳踏車。車子亮晶晶的呢。」

「我們要是也能騎腳踏車該有多好。在這條路上『咻』地騎快車，一定很舒服吧。」

跟腳踏車比快是絕對贏不了的。學生們彷彿吃了一記過肩摔，失望之情不言而喻。真想找個方法讓她大吃一驚。每個人都絞盡腦汁，但想出辦法前就走出海岬路了。這一天，旅館玄關柱子上的時鐘也如實反映出學生的步行速度，比平常慢了八分鐘。彷彿有人打信號似的，眾人背上和腋下的筆盒同時搖得喀啦響，草鞋揚起灰塵。

然而，差不多在同一時間，海岬之村也起了大騷動。村裡的太太得知女老師搭船前來，又在無人知曉的情況下搭船離開，因此今天都想要會會她。看她走在路上會有什麼表情，今天會不會穿洋裝。雜貨店的太太尤其熱中。雜貨店素有村落關口的綽號，老闆娘早上一起床就不斷注意馬路的方向，彷彿在說：我享有最早目睹來訪者的權利。最近好一陣子沒下雨了，到乾燥的大馬路上撒個水來迎接新老師吧。她懷著如此想法提水桶出門，發現對面有輛腳踏車「咻」地奔馳而來，內心一驚。轉眼間……

「早安。」一名女性態度和藹地點頭打招呼。

「早安。」她答腔完立刻想通來者何人，但腳踏車已經通過下坡的坡道口了。雜貨店太太慌忙地跑進隔壁工匠家，對著在井邊浸泡衣物的太太大喊。

「欸，欸，剛剛有個穿洋裝的女人騎腳踏車通過門前了，那會是新來的女老師嗎？」

「穿白襯衫，還有像是男裝的黑色外套？」

「嗯，沒錯。」

「騎著很大一台腳踏車嗎？」昨天才帶著長女松江到學校參加入學典禮的工匠太太忘了手中衣物，驚訝地說。

雜貨店的太太露出「我果然沒想錯」的表情說：「社會真的變了呢，女老師竟然騎腳踏車。不知道會不會被當成男人婆呢。」

雜貨店太太嘴巴上為她擔心，但其實已經認定她是男人婆了，看眼神便知道。從雜貨店前面騎腳踏車到學校要二十三分鐘，不過關於女老師的傳言像風一樣掃過，十五分鐘內便傳遍全村了。學校也騷動不止。不到五十名學生圍著教師休息室旁停放的腳踏車，七嘴八舌、嘰嘰喳喳，簡直像麻雀在吵架。儘管如此，女老師一向他們搭話，他們便一哄而散，這點也很像麻雀。她束手無策地回到休息室，結果唯一一名男性同事不發一語，態度冷淡，伏首於桌上級任資料架的陰影中，似乎在讀什麼文件，彷彿在說：妳跟我說話，我會很困擾。關於授課內容的討論等等，她已在昨天和小林老師交接時處理完畢了，目前沒什麼要事，但他還是太冷淡了吧。女老師似乎有所不滿，但男老師也傷透了腦筋。

「真頭痛啊。女學校師範科畢業的正式教師幹勁十足，跟著女畢業的半吊子老師似乎天差地遠。個頭雖小，頭腦似乎很靈光。我跟她聊得起來嗎？昨天還穿洋裝來，讓我以為她是個洋味十足的小姐，沒想到還騎腳踏車過來。真頭痛啊。為什麼偏偏在今年送這種上等人材到海岬來呢？校長也有毛病呢。」

他想著這些事，心情沉重。男老師出身農家，花了十年參加檢定考試，終於在四、五年前成為獨當一面的教師，屬於努力型的人。他總是穿著木屐和招牌西裝，肩膀的部分已褪成羊羹色。膝下無子，和上了年紀的太太一起過著節儉生活，以存錢為樂。別人嫌惡這個生活不便的海岬之村，他卻主動希望調職過來，因為在此地不需要與鄰人交際，算是怪人一個。他只會在需要前往校本部時穿皮鞋，例如參加校務會議的日子。腳踏車連碰都沒碰過。不過他在村內相當受歡迎，有吃不完的魚或蔬菜。他和村民一樣蓬頭垢面、吃一樣的東西、使用一樣的詞彙，新任女教師的洋裝和腳踏車也讓他感到不自在。

不過，女老師並不知道這件事。前任教師小林小姐提過，通學到校本部的同學會惡作劇，關於男老師她只低聲說了一句：「是個怪人，別太在意他喔。」不過，與其說他怪，倒不如說他像是在欺負人。才上班第二天，她卻悶到不行，一個不小心就可能嘆氣。女老師的名字是大石久子，出生的村子位於湖泊般的海灣另一側，村內有一棵獨自矗立的大松樹。從海岬之村望去，大松就跟盆栽內的樹一樣大，不過獨立松樹旁的家屋內，有個母親正在擔心女兒的上班狀況……一想到這裡，大石老師忍不住挺起嬌小的胸膛。她多想吸一大口氣，發自內心呼喚「媽媽」呀！

校長是大石老師亡父的友人，他說：「海岬很遠，妳去那裡上班很可憐，不過請妳忍耐一年就好，一年後就調回校本部。先到分校苦一苦比較好。」

她於是懷著忍耐一年的覺悟來到此地。走路通勤實在太遠了，校長建議她住進學校，不過她提出了唯一一個心願當作回應，那就是要跟母親一起住。考慮到就讀市內女學校師範科時已和母親分離兩年，大石老師決定要每天騎八公里的腳踏車通勤。她有個熟人是腳踏車店的女兒，便透過這層關係購入了車子，總共花她五個月的薪水。她沒有衣服穿，於是將母親的嗶嘰布衣染黑、縫改，儘管手藝不精。不知情的人也許會認為她騎腳踏車像個男人婆，還自以為過洋派生活。畢竟這時是昭和三年。即使普選已舉辦，偏鄉居民根本認為那不干己事。新腳踏車閃閃發亮，黑色手縫西裝乾淨無瑕，白色上衣純白無垢，所以海岬的村民才會認為她極盡奢華、活像個男人婆，是個難相處的女子。不過大石老師也還無法接納這一切，上任才第二天，她感覺就像到了語言不通的外國，惶惶不安，老是望著大松樹、自家所在的那一帶。

喀　喀　喀　喀

通報上課時間開始的板木聲響徹四周。大石老師嚇了一跳，回過神來。分校最高年級是四年級，而此刻拉長身體敲響板木的，正是昨天才被選為年級長的男孩子。校園內，一年級生散發出獨特的無聲嘈雜。他們今天才首度離開父母身邊，獨自上學，展露出勢在必得的氣魄和某種不安。三、四年級生很快就進入教室了，在他們之後，大石老師先是拍了幾下手，接著配合節奏踏步，倒退進入教室。就任到現在，總算有找回自己步調、心中湧現餘裕的感覺了。她就定位，拿著點名簿走下講台。

「好，點到名的同學要大聲答『有』喔。岡田磯吉同學！」

教室座位按照身高排列，岡田磯吉就坐在第一排。最先被點到名的他有些怯場，在這之前他也從未被稱作「同學」，聽到這詞也嚇了一跳，喉嚨緊縮，無法應答。

「岡田磯吉同學，不在嗎？」

大石老師掃視全班，於是座位在最後一排、身形比其他人大一圈的男孩子，以大得嚇人的嗓門回答了。

「在啊。」

「那你要答『有』喔，岡田磯吉同學。」

老師看著應聲的孩子，朝他的座位走去。這時二年級生發出哄堂大笑，正牌的岡田磯吉呆立在座位上，不知如何是好。

「擠吉啊，答腔啊。」

有個二年級女生對著磯吉小聲說話。兩人臉長得很相像，似乎是姊弟。

「大家都叫他擠吉嗎？」

同學聽到這問題，便一起點了點頭。

「這樣啊，那就是綽號『擠吉』的磯吉同學了。」

如雷的笑聲再度響徹教室，大石老師也跟著笑了，並用鉛筆在點名簿上寫下這個綽號。

「接著是竹下竹一同學。」

「有。」看起來是個聰明的男孩子。

「沒錯，要清楚地答『有』，做得很好。下一個是德田吉次同學。」

德田吉次吸了一口氣，暫停一拍，結果剛剛說岡田磯吉「在啊」的男孩子又大喊一聲「廚房」[2]，表情有些得意。

大家又哄堂大笑了。這個名叫相澤仁太的孩子更加得意忘形，在老師點到下一個同學森岡正時大喊：「漁家。」點名點到他時，他便用更大的嗓門答：「有。」

老師笑容滿面，但還是稍微告誡他：「相澤仁太同學有點雞婆呢，說話聲也太大了。接下來點到名的同學要好好回答喔。川本松江同學。」

「有。」

「大家都怎麼叫妳？」

「小松。」

「好，令尊是工匠嗎？」

松江點了點頭。

「西口美佐子同學。」
「有。」
「大家叫妳小美佐嗎？」
她搖搖頭，小聲說：「大家叫我小美。」
「哎呀，小美啊，真可愛呢。接著是香川益野。」
「在。」
大石老師差點笑出聲來，最後是忍住了。她用壓抑的語氣說：「答『在』有點奇怪呢，益野同學，還是答『有』吧。」
雞婆的仁太又插嘴了：「他是小益。」
老師無視他，繼續唱出一個又一個學生的名字。
「木下富士子同學。」
「有。」

2　廚房的英文Kitchen，發音接近吉次。

「山石早苗同學。」

「有。」

老師向每一個應答的孩子展露微笑。

「加部小鶴同學。」

大家突然開始七嘴八舌，鬧哄哄的。老師嚇了一跳，發生什麼事了？不過一聽懂學生們嘴上掛的那句話，年輕老師終於忍不住笑了出來。那句話比香川益野的「在」還要引人發笑：加部小鶴，加部小鶴，頭摩牆壁的加部小鶴[3]。

加部小鶴似乎有不服輸的性格，聽到大家起鬨也不哭，不過她低著頭，臉紅紅的。喧鬧聲總算止息了，老師最後點到片桐琴江時，四十五分鐘的上課時間也結束了。加部小鶴是叮鈴鈴屋（腰間纏鈴鐺，到處幫人辦事的雜物工）的女兒，木下富士子是大戶人家的女兒，答「在」的香川益野是鎮上餐廳的小孩，綽號「擠吉」的岡田磯吉家裡開豆腐店，綽號「漁家」的森岡正，他父親是漁船船夫。一天下來，大石老師心中的筆記本就寫滿字了。儘管他們說家裡是做豆腐的、賣米的、打漁的，每戶人家都無法單靠各自的生意維生，有的還是得種田，有的會趁閒暇時出海捕魚。大石老師出身的村子也一樣。在這樣的村子裡，人非得拚命工作，到喘口氣都捨不得的地步才能過活。不過大家都不討厭工作，這點看他們的表情便知道。

這些小孩子今天才首度從數數字開始學起，但放學回家後立刻又要照顧弟妹、幫忙搗麥子，或者去收網。這些小村孩童的生活目的只有「工作」，老師該怎麼跟他們建立關係呢？想到這裡，她頓時覺得自己望著獨立大松眼眶泛淚很不像話，可用丟臉形容了。今天首度站上講台的大石老師，在她的心目中，同樣在今天首度展開集體生活的十二名一年級學生，他們的眼神都閃耀著各自的個性，更加令她印象深刻。

絕不能讓這些眼神變得黯淡！

這天，大石老師踩腳踏車穿越八公里路回到大松之村，她的身影在村人眼中比早上更像男人婆。

「再見。」

「再見。」

3 加部的日文發音同「牆壁」，小鶴則近似「摩擦」。

「再見。」

她向遇到的每一個人都打招呼，但回應的人很少。偶爾碰到有人回應，對方也只是點個頭就算了。這也是理所當然的，因為村裡對大石老師的批評聲浪愈來愈高漲了。

「聽說她把大家的綽號記在點名簿上。」

「聽說她稱讚西口屋的小美很可愛。」

「這麼快就在捧她了。西口屋是不是帶了什麼東西去討好老師呀？」

大石老師對此一無所知，小巧的身子輕盈安坐腳踏車上，此刻正好抵達村外坡道。她稍微前傾身體，雙腳不斷使力踩著踏板，想盡快向母親分享自己活力十足的想法。坡道很和緩，行走其上並不會有什麼特別的感覺，去程可以舒暢地往下滑，但回程就是很重的負荷了。不過她此刻的心情十分爽朗，面對坡道帶來的負荷甚至還想：幸好是回程，謝天謝地。

很快地，坡道接上平坦道路，早上出門上學的那群孩子也回到村外了。

「大石、小石。」

「大石、小石。」

隨著腳踏車速度加快，數人齊聲發出的呼喊也愈來愈大。老師起先不知道他們在說什麼，但一想通就忍不住笑出來了，原來是在針對自己啊。她明白這成了自己的綽號。她刻意按響車鈴，在通過學生群時高聲說：「再見。」

「哇！」學生發出呼喚，接著又開始喊：「大石、小石！」聲音逐漸遠去。

除了女老師之外，她今天又得到了一個新綽號：小石老師。這跟她身材嬌小也有關係吧。新腳踏車在夕陽下閃閃發光，而小石老師的身影在海岬的道路上奔馳。

二　魔法之橋

細長的海岬從底部到尖端的距離是四公里，正中央的位置有個小小的集落。一條白色道路沿海灣延伸，剛好在抵達集落時自然橫越海岬，繼續沿著外海前進，通向小石老師任職學校的海岬村落。她差不多每大都固定在騎上外海沿岸道路時，和走往校本部的學生碰個正著。如果碰面地點改變，一定會有兩方當中的某一方陷入慌亂。

「哇，小石老師來囉。」

大抵上總是學生急忙加快腳步，偶爾才輪到老師在外海沿岸道路上發現學生蹤影，更使勁地踩踏板。這種時候，學生當然興高采烈。他們會滿臉通紅地朝著老師發出嬉鬧之語。

「喂，明明是老師還遲到啊。」

「扣妳薪水喔。」

而且，還有小朋友會刻意在腳踏車前面違反校規。這類事情日積月累，老師有天回家終於向母親訴苦了。

「明明是小孩，卻說什麼『扣妳薪水喔』。也太市儈了吧，真討厭。」

母親笑著說：「妳怎麼會蠢到在意這種事啊。哎，不過都說好要忍一年了，忍吧，忍吧。」

不過，她並沒有痛苦到需要接受這種安慰。習慣在晨間騎車八公里後，路上其實挺開心的。她還會在橫越海岬時加快車速，不知不覺中開始跟學生比起賽來。學生的內心不可能不受影響，為了不輸給老師，走路的速度也變快了。就像玩翹翹板那樣，一下高過對方，一下又被比了下去。第一學期結束後的某天，男老師為了辦事情前往校本部一趟，結果得知一件妙事。這學期內，海岬來的學生不曾遲到過。人人都知道單程走五公里路上學有多辛苦，因此以往海岬來的學生如有遲到情形，校方都會睜一隻眼閉一隻眼。反過來說，他們若完全沒有遲到，當然要加以讚許才行，而且一定要視為一件大事。男老師以為那是自己的功勞，開心地想：「畢竟今年的學生當中，有品行特別優良的呢。」

五年級生當中，有個女孩子在校本部的眾多學生中依舊鶴立雞群。男老師等於是說，因為有這個女孩子在，從海岬過來上學的三十幾個男女學生才沒遲到。其實真正的功勞應該要歸給女老師的腳踏車。不過女老師自己也沒有察覺，時不時會佩服起海岬村童的勤勉，覺得應該要容忍他們小小的惡作劇。同時，她也會在心中暗自嘉許自己的勤勉。

「我也只會在半路上爆胎時遲到，我可是得騎八公里呢。」她想著諸如此類的事，接著會望向窗外，想想總是勉勵自己的母親。風平浪靜的海灣波光粼粼，很有夏天的味道。母親所在的獨立大松之村，在白色夏雲下方顯得有些迷濛。海風吹入完全敞開的窗戶，兩天後就要放暑假了，這份喜悅彷彿滲透到全身上下。但有件事讓她有點難過，那就是村民無論如何都不肯對她放下戒心。她向男老師訴苦，結果他張開沒臼齒的嘴，哈哈大笑。

「那是無理的要求呀。妳不管再怎麼熱心地做家庭訪問，洋裝和腳踏車都會成為阻礙的。只要有那麼點刺眼，對方就會保持距離。妳待的村子就是那樣。」

女老師嚇了一跳，滿臉通紅地陷入沉思。

「我要穿日本式的衣服走路去上班比較好嗎？來回四里（十六公里）路……」

暑假期間她也在考慮要不要那麼做，但還來不及下定決心，第二學期就開始了。月曆上的時間已是九月，但放完長假後，感覺燠熱都放大了。女老師的嬌小身體瘦了些，臉色也變得不太好。

這天早上，女老師的母親在她出門前說：「雖然碰到了一些有的沒的狀況，但一年的三分之二已經過了。忍耐，忍耐，再忍忍吧。」

母親幫忙她牽腳踏車出門，還安慰她。不過她就跟普通人一樣，在母親面前會想說些任性的話。

「唉，忍耐，忍耐……嗎？」

彷彿滿腔怒火似地，她騎車衝了出去。破風疾馳的舒暢感睽違多時，似乎滲入了她全身上下，但想到今天起又得靠腳踏車通勤，心情頓時變得很沉重。假期中跟母親聊過幾次，也試著提議在海岬那裡租個房子，但最後還是決定要騎腳踏車通勤。早上騎車還好，不過回程背向夕陽騎在散發暑氣、彷彿就要起火的道路上可難受了。她有好幾次以為自己的呼吸就要停了。海岬之村明明就在眼前，卻得每天費心繞海灣一大圈才能通勤，想到就不甘心。而且海岬之村的人不喜歡腳踏車。

可惡啊！

她沒說出口，不過眼睛瞪視前方橫亙的海岬，腳就忍不住開始使勁了。她逆行海岬，右方是難得起浪的海灣。啊，她心想，今天是二百十日[4]。意識到這點後，她發現隱約挾帶暴雨的風正薄情地橫吹自己的臉頰，盡情地使四周飄蕩海潮味。海岬之巔輕微晃動，令人聯想起外海的大浪，內心不安；也許會不得不在途中下車，到時候腳踏車便會成為礙事至極的東西了。可是，也不能現在就下車呀。想著想著，她的幻想開始像有羽翼的鳥兒般四處飛舞。

……風啊，停下來吧！我像阿里巴巴那樣下令，而風轉眼間失去勁道，海面頓時平靜了下來，簡直像騙人的。那是剛從睡夢中甦醒的湖水才帶有的靜謐。橋啊，跨過水面吧！我倏地朝前方伸出食指，海上立刻變出了一座橋，美麗如彩虹的宏偉大橋。只有我看得到它，也只有我能通行。我的腳踏車悄悄騎上橋，而我緩緩踩著踏板，要是慌亂到落海就糟了。就這樣，我慢速越過七色拱橋，但還是比平常早了四十五分鐘抵達海岬之村。哎呀，不得了了。看見我的村民將時鐘調快四十五分鐘，早餐吃到一半的孩子開始拚命將食

---

4 立春算起的第兩百一十天。

物塞進嘴裡，沒能多吃幾口便衝出家門，旁人看了都覺得可憐。我到學校時，剛起床的男老師嚇了一跳，跑到井邊開始洗手、洗臉，他上了年紀的太太沒空換掉睡衣，對著炭爐猛搧風，單手按住衣領，有些羞澀地露出客套的笑容，悄悄抹掉自己的眼角和嘴角。太太的眼睛不好，早上起來時總是有很多眼屎……

只有這部分符合現實，因此她忍不住笑了出來。幻想如霧氣般消散了。平日聽慣的嗓音自前方傳來，穿破風聲的阻礙：「小石老師。」

聽到睽違一個月的嗓音，她的體內湧出了力量。「有！」她答道，不過風聲似乎將她的回答推向了身後。她料想得沒錯，外海那側波濤洶湧，著實是二百十日會有的風光。

「今天很慢耶，搞不好遲到了四十五分鐘。」

孩子們原本停下了腳步，彷彿在懷念上學期的時光，也似乎有話想說，但聽到老師那麼說，便使出全力跑了起來。老師也更加使勁踩踏，逆風而行。風向飄忽不定的氣旋不時吹來，將她逼下車好幾次。真是的，看來會遲到個四十五分鐘。獨立大松的村落雖然在海邊，但總是受海岬保護，二百十日對它沒什麼影響。相對地，據說細長海岬之村靠外海那側總是蒙受相當大的損害。路上遍布斷裂的小樹枝，腳踏車困難重重地前進著，推車走路的時間也許還比騎車多。抵達村莊的時間真的比平常晚相當多，但老師來到一眼便能望見村內狀況的位置後，忍不住停下腳步喊了一聲：「哎呀。」

村莊最外側小碼頭的入口處有漁船翻覆，以鯨背般的船底示人。另外還有幾艘船拖到馬路上放置，也許是因為無法停泊在碼頭。海裡打上來的沙覆蓋了道路，路況極糟，看來腳踏車是過不了了。村落模樣轉變很大，彷彿像是跑到了隔壁村。海邊房屋的屋瓦似乎都掀了，還有人爬到屋頂上。沒人有閒工夫向老師打招呼，老師也不斷推車閃避海水打上岸的石頭，好不容易才到達學校。一進校門，一年級生便魚貫跑來包圍住她，每個人的目光都炯炯有神，精神百倍，彷彿為昨夜的暴風雨感到欣喜。大家都以高八度的音調七嘴八舌地對老師說話，這時有點雞婆的香川益野用最拔尖的聲音壓過眾人，彷彿以報告局勢為己任地說：「老師，擠吉家垮了，壓得扁扁的，像是被打爛的螃蟹。」

老師被益野薄薄嘴唇吐出的話語嚇壞了，臉色也有點改變。

「哎呀，擠吉同學，你家有人受傷嗎？」

綽號「擠吉」的岡田磯吉環顧四周，點了點頭，看起來驚魂未定。

「老師，我家水井邊掛水桶的棍子斷成了兩半，旁邊的水瓶破了。」

說話的人仍是益野。

「真嚴重呢。其他人家如何？」

「雜貨店的叔叔幫屋頂裝圍欄，結果從屋頂上掉了下來。」

「哎呀。」

「連小美家的遮雨板都飛了，小美，對吧？」

不知不覺中，只剩益野一個人在說話了。

「其他人如何？都沒事吧？」

老師和山石早苗四目相接，內向的早苗便面紅耳赤地點了點頭。益野拉拉老師的裙子，要她把注意力放回自己身上。

「老師，老師，別管那些了，現在村裡還有一個大騷動，竹一同學家的米店遭小偷了，竹一，對吧？小偷偷走了一袋米。」

益野希望竹一附和，竹一點頭表示她沒說錯。

「我們太大意了，想說風雨這麼強的日子不會出狀況，結果到了早上一看，穀倉的門是開著的。我爸說米搞不好會漏出來，延續到小偷家裡去，但怎麼找都找不到那種痕跡。」

「哎呀，發生了很多事呢……你們等我一下，我去停腳踏車，之後再說吧。」

老師一如往常地走向教師休息室，突然感覺到平常沒有的光亮，停下腳步後又嚇了一跳。水井的屋頂飛了，熟悉的鐵皮屋頂附近化為一片空白，白雲飄浮在那空白之中。綁著頭巾的男老師剛剛似乎到處奔走，此時表情非常和藹，跟平常的模樣很不搭：「唷，女老師，還好嗎？昨晚風雨很強呢。」

綁著束袖帶的太太也出來了，她取下頭上綁著的手巾，久違地向女老師打招呼。

「大松樹折斷了呢。」

「咦，真的嗎？」

老師嚇得差點跳起來，望向自己的村子。獨立大松在原位好端端的，但模樣有些改變。暴風並不算特別猛烈，但老松已上了年紀，部分枝幹遭風吹斷。老師心想：話說回來，還真是有點丟臉。海灣周圍的村落自古便以著名的老松為地標，如今它遇難了，與它生活在同一村落的自己卻不知情。而且今晨還得意忘形又傲慢地，在獨立大松下伸出食指變出魔法之橋，弭平風浪。她還在心中將時鐘撥快四十五分鐘，讓村民陷入一片混亂，一到場才發現更大的騷動，根本沒有開玩笑的餘地。男老師並沒有慌慌張張地洗臉、洗手，而是打赤腳忙東忙西。他太太早已拋下炭爐，綁著緊緊的束袖帶工作著，不是嗎？

女老師暗想，哎，第二學期的第一天，從出發通勤那一刻就出錯了。她想起自己出門前對母親的冷淡，後悔不已。第三節歌唱課，女老師靈機一動，決定要帶學生去拜訪受災的家庭。眾人前往離學校最近的西口美佐子家，表達慰問。擠吉家竟夷為平地，大家異口同聲說他家災情最嚴重，因此師生們接著便朝荒神[5]社再過去的擠吉家前進了。老師想起益野早上說的「壓得扁扁的，像是被打爛的螃蟹」，認為這是從大人那裡學來的說法，卻因此有了栩栩如生的想像。不過在鄰居的幫助下，他們已經整理得差不多了。未跟主屋相連的豆腐倉房逃過一劫，因此眾人直接在裡面的土間[6]鋪了榻榻米，將家財用具搬到上面去。老師想到他們一家七口今晚得在這裡睡便覺得好可憐，一時說不出話，反倒是前來幫忙的川本松江之父先開口了。他的話語中帶著工匠特有的詼諧，也含有些許諷刺。

「啊，哎呀呀，是老師呢，連老師都來幫忙啦。那能不能拜託您動用那一大批弟子將馬路上的石頭扔到海邊去呢？若不是工匠，來這是幫不上忙的，還是說，您要拿個手斧呢？」

在場的人都笑了，彷彿他提供了絕佳的慰藉。老師吃了一驚，感到丟臉，原來他們都覺得她很悠哉。他們說中了。不過來都來了，還是要向擠吉家的人表達慰問才行，哪怕只說一句話也好。她在那裡拖拖拉拉，沒特別採取什麼行動，結果也沒有人理會她。她無計可施，準備離開。為了掩飾心中的羞恥感，她找孩子們商量一件事。

「嘿，我們大家一起來掃這條路吧。」

「嗯，嗯。」

「掃吧，掃吧。」

孩子們無比雀躍，像蜘蛛的孩子般散開。暴雨離去後的暑氣帶著清爽，村內的每個角落都看得一清二楚。

「嘿咻！」

5　荒神：日本民間信仰的神祇，即灶神。

6　土間：日式建築中的設計，與地面等高，未鋪設木板，過往農家或手工業者會在這裡工作。

「臭石頭！」

「這混蛋！」

孩子們扛起各自抱得動的石頭，扔向路旁下方兩公尺處的海灘。當中有些石頭大到要兩個人才搬得動，遍布石子的馬路簡直像是石灘。海水如今只是靜靜地蓄積著，昨晚可是越過了高聳的道路石牆，將這麼大的石頭打上來，凶暴無比。想到這裡，只會對不可思議的大自然之力感到震驚、傻眼。海浪打起石頭，狂風吹垮房屋，海岬之村度過了徹底混亂的一夜。同樣經歷二百十日，海岬的內側與外側竟有如此大的差別。老師邊想邊將懷中石頭「咚」地扔向沙灘。離她最近的三年級男生正用熟練的動作踢飛石子，她問他：「浪一大，就會變成這樣嗎？」

「是。」

「大家就會一起清理石子嗎？」

「是。」

就在這時，香川益野的母親正好通過。

「哎呀呀，老師，真是辛苦啦。不過今天隨便弄弄就好啦，反正之後還有後七日或二百二十日[7]等著呢。」

益野的母親在本村的餐館和旅店工作，想來看看孩子所在的海岬便跑了一趟。益野跑了過來，緊抱母親的腰。

「媽，昨晚好恐怖。房子發出好大的聲音，我緊抱著奶奶才睡著。早上醒來，發現水井的提水槓桿斷了，水瓶也破了。」

益野對著母親重覆她今早說過的話。益野的母親每聽一句就點一次頭，同時半向著老師說：「聽說海岬那裡有船漂走，還有人家的屋頂和牆壁全垮了，裡頭一覽無遺，我嚇了一跳才過來的，還好只斷了根棍子，太好了，太好了。」

她說完話後，老師問：「小益，牆壁全倒的是誰家啊？」

益野露出得意的表情，彷彿連懷中石子都忘記要丟了。

「老師，是仁太家喔。牆壁倒掉，壁櫥溼透了。我過去看，發現家裡看得一清二楚，老奶奶在壁櫥裡像這樣看著天花板。」

7 後七日為正月八日至十四日，二百二十日為立春算起的第兩百二十天。

她皺起臉模仿老奶奶，老師忍不住噗哧笑了出來。

「壁櫥啊，哎呀。」她說完後愈笑愈大聲、嘹亮。學生不知道老師為何笑成那樣，但益野覺得自己像是獨力取悅了老師，便露出愉快的表情。不知不覺間，一行人來到雜貨店。雜貨店老闆娘表情激動地跑來，站到老師面前，氣喘吁吁，肩膀起伏，似乎還無法立刻說話。老師倏地收起笑容，立刻敬了個禮，並說：「哎呀，真不好意思。大浪帶來如此災害，真是辛苦你們了。我們今天在幫忙清理石子。」

然而，老闆娘彷彿充耳不聞：「女老師，妳剛剛在笑什麼？什麼事情那麼好笑？」

「……」

「別人受災是那麼好笑的事嗎？我家那口子從屋頂上掉下來，妳一定也會覺得很好笑吧？他跌得不夠漂亮，並沒有受重傷。要是受重傷，又會更好笑吧？」

「不好意思，我完全沒有那個意思……」

「才怪，不然妳看到別人大難臨頭為什麼要笑？我才不要只會做表面工夫的人來幫我掃地，總之妳別管我家前面……什麼嘛，妳的車沒辦法騎才來掃地的嘛，蠢到極點。如果是那樣，妳自己一個人掃就得了……」

接著她就像自言自語似地念個不停，拋下大吃一驚、說不出第二句話的老師，氣呼呼地折返雜貨店，還故意用大音量對隔壁川本工匠的太太說：「有的人還真誇張呢。世上有哪個老師聽到別人的災難還笑呵呵的嗎？就有這麼一個鑽進村裡來了。」

很快地，流言一定又會傳遍村內，遭到加油添醋。老師安靜杵在原地沉思了兩分鐘左右，發現身邊圍繞的學生似乎很擔心，她快哭的臉擠出一個笑容，嗓音快活地說：「好，我們不要撿了。這是小石老師失敗篇。我們到海邊唱唱歌吧。」

老師轉過頭去，率先前進。嘴角帶著笑意，但學生不可能漏看那滾下臉頰的淚珠。

「老師在哭。」

「雜貨店的老奶奶弄哭她了。」

低語聲傳來，接著大家便靜悄悄了，只剩草鞋踩出的腳步聲。她想轉身笑給大家看，說自己沒哭，但這念頭一浮現，眼淚又快流出來了，她於是默不作聲。她也覺得在這關頭，笑不是一件好事。剛剛雜貨店老闆娘說她是在嘲笑別人落難，但其實是益野的舉止太搞笑了，接著壁櫥又讓人聯想到第一學期某天的仁太，她才笑出來的。

「天皇陛下在哪裡呢？」

好幾個人舉手表示：我知道，我知道。老師難得點名仁太。

「好，仁太同學。」

「天皇陛下在壁櫥裡。」

聽到這古怪過頭的回答，老師笑到眼淚都流出來了。不只老師，其他同學也笑了。笑聲撼動教室，甚至傳到了校外。儘管聽到有人說東京、宮城，仁太卻露出不認同的表情。

笑聲止息後，老師問：「為什麼天皇陛下在壁櫥裡呢？」

仁太用不太有自信的嗓音回答：「我在想，會不會是藏在學校的壁櫥呢？」

老師明白了，仁太指的是天皇陛下的照片。學校沒有奉安殿[8]，因此校方將天皇陛下的照片放在壁櫥內上鎖保管。

仁太家壁櫥牆壁倒塌一事，讓老師聯想到他過去的發言，而她每次一想到那些話都會發笑。不過雜貨店的老闆娘並不給她解釋的機會，此刻她只能靜靜朝海邊走去。眼淚流個不停的現在，她還是覺得仁太那番話好好笑。不過雜貨店老闆娘的責罵將它抵銷了，難過略勝一籌。要是不去海邊唱唱歌，老師和學生的心情都會無處宣洩。一踩上沙灘，老師立刻以雙手做出指揮動作，開始唱歌。

春天一早螃蟹便在

河邊蘆葦叢開店　開理髮店

喀嚓　喀嚓　喀嚓呀

是《慌張理髮店》，大家圍成一圈跟著唱。

唱著唱著，大家的心情不知不覺好轉了。

8　奉安殿：日本於二次世界大戰前，在學校設置供奉天皇、皇后照片與《教育敕語》的建築物。

兔子生氣　螃蟹內疚
沒辦法了　逃進洞去

唱完歌曲後，老師想到螃蟹失敗而慌張的模樣便覺得自己有了伙伴，不知不覺又能夠發自內心歡笑了。大家接著唱第一學期學會的歌曲，像是《此路》、《啾啾千鳥》之類的，唱完《山大將》後大家休息片刻，學生們全都跑來跑去，只有五、六個一年級生乖巧地圍著老師。有幾個平常不怎麼照顧自己的亂髮、直接在後腦勺盤一個圓髻的女孩子，還有幾個放任原本平頭的短髮增長、甚至都蓋住耳朵的男孩子。村子裡沒有理髮屋，因此學校的電動理髮器肩負重任，幫男學生理髮的工作則由男老師扛。頭髮盤成圓髻的女孩子則由女老師照料，為她們每個人塗水銀軟膏。明天就趕快幫她們塗吧，女老師心想並起身：

「好，今天就到這裡了，回去吧。」

她拍拍裙子下襬，腳往後一踩，瞬間發出慘叫倒地。她的腳陷落地洞了。有人跟著慘叫，有人笑呵呵地湊近來看她，有人拍手叫好，有人嚇到說不出話。一片喧鬧中，女老師怎麼站都站不起來。她翻身側躺成く字形，頭髮直接貼上沙地。笑呵呵和拍手的人發覺情況不對勁，都安靜下來。山石早苗看到老師緊閉的雙眼流出淚水，突然間哭了起來。老師彷彿受到哭聲的激勵，好不容易才坐起身，並說：「沒事的。」她輕輕挪動洞中的腳，接著鬆開鞋子鈕釦，彷彿要摸什麼恐怖物體似地觸了右腳踝一下，下一刻便側躺回去，不再嘗試起身。不久後，她閉著眼說：「誰去叫一下男老師來吧。女老師的腳骨折了，沒辦法走路。」

這番話引起了大騷動，彷彿誰捅了一下蜂窩。年紀較大的孩子慌張地跑遠後，女孩子開始哇哇大哭。村裡的人都奪門而出直奔此地，簡直像告知火災的掛鐘響起後會有的場面。最先抵達的竹一父親湊向趴地淺眠的女老師，跪到沙地上，探頭觀察她。

「老師，妳怎麼了？」

不過老師仍是皺著眉頭，好像說不出話。聽孩子們說她似乎是腳受傷，竹一的父親才稍微安心了一點。

「大概是扭到了吧，我看看。」

他繞到腳那頭去，試著脫掉鞋子，結果老師發出「嗚」一聲呻吟，眉頭更加深鎖。老師的腳上印著鮮明的鞋痕，整個腫了起來，簡直有原本的兩倍大。沒有出血。

「冰敷一下比較好吧。」

四周聚集了相當多人，德田吉次的父親聽到他那麼說，急忙解下腰間纏著的骯髒手巾，浸泡海水。

「痛嗎？是不是很痛？」男老師衝過來問她。

她默不作聲，點點頭。

「沒辦法走路嗎？」

她又點了一次頭。

「要不要站起來看看？」

她沒開口。西口美佐子的母親從家中取來膏藥，那是烏龍麵和蛋攪拌而成的，抹在布上。

「我想骨頭應該沒斷掉，但早日去看醫生或推拿一下比較好。」

「推拿師找中町的草加比較好吧，他也會接骨。」

「橋本外科比草加好吧。」

眾人七嘴八舌，不過不管女老師選擇什麼，海岬之村都沒有外科醫師或推拿師可以求助。唯一確定的是，女老師就是無法走路。經過一番商量後，大家決定開船載她到中町去，他們借來漁夫森岡正佳的船，由加部小鶴的父親和竹一的哥哥操槳。男老師也跟去了，負責背女老師上船。每次扶她坐下、背她、讓她躺下時，她為忍痛而緊閉的嘴巴就會不自覺地發出呻吟。

船離岸了，女孩子「哇」的哭聲愈來愈高亢。

「老師！」

「女老師！」

有的人使盡全力大聲呼喚。小石老師一動也不動，閉眼不語，任這些呼喚送她離開。

「老師！」

聲音逐漸遠去，船駛入海灣中央了。老師今天早上才在這片海上變出魔法之橋，如今又忍痛滑過海面賦歸。

三　白米五合，豆子一升

十天過去，接著半個月過去了，女老師還是沒現身。靠著教師休息室牆面的腳踏車積滿灰塵，圍觀它的孩子們意志消沉。有人甚至想，小石老師是不是不會再來了？就連學生都認為校本部比分校好。見不到小石老師後，大家才發現她的腳踏車對每日通學的自己是多大的鼓勵，發覺自己在漫長的路途中多麼期待小石老師的身影。村民也一樣。沒人做了什麼特別過分的事，但大家都暗自後悔：當初對待她的態度嚴苛得太不恰當了。這是因為，小石老師的風評突然變好了。

「從來沒有老師像她這樣，一開始就很受學生歡迎呢。」

「她要是不早日康復就傷腦筋了，大家會說海岬的孩子害她跛腳。要是以後沒人願意來教書就更頭痛了。」

「希望她不會跛腳。年紀輕輕就跛腳的話，康復後也很難通勤的吧。」

大家會在女老師背後談論這類話題，無論如何一定要請她再回來海岬的情緒愈來愈高漲。她要是不來，村民真的會很頭疼的。更直接受到波及的是男老師。小村子的小學每個禮拜會上一次唱歌課，而男老師不知該拿這一小時怎麼辦。女老師開始休假後，他起先會叫學生合唱他們以前學會的歌，也會讓歌喉似乎很好的孩子獨唱，打發掉了將近一個月的時間，但總不能一直蒙混下去吧？男老師開始學彈風琴，搞得滿頭大汗。他如此放聲歌唱：

一一一二三三三　五五五六五——

年邁的男老師將一般唱作「do do do re mi mi mi so so so la so」的部分唱作「一一一二三三三」，他以前在小學是這麼學的。

三三三二二二　一一二三一——

唱歌課固定排在禮拜六的第三節課，這麼安排原本是希望學生開開心心地唱歌後道別，回家迎接星期天。然而，對男老師也好、學生也好，禮拜六的第三節課突然間變得無趣極了。男老師尤其難受，每到星期四便會開始在意禮拜六第三節的唱歌課，變得很易怒，碰到一點小事就拿學生出氣。學生東張西望會挨罵，忘記帶東西就會被叫到教室後面罰站。

「男老師這陣子老是在生氣呢。」

「變得很討厭呢，不知道他怎麼了。」

孩子們感到困惑不解，不過男老師的太太最清楚背後緣由，暗自為他操心，想不著痕跡地幫助他。每到週五晚上，太太就放下她兼職做的麥稈真田繩，站到風琴旁鼓勵老師。

「我來當學生吧。」

「嗯，妳當吧。」

搖曳的小燈泡照亮風琴與一對上了年紀的夫婦。若是女孩子看到這光景，恐怕會感到不寒而慄吧。暗影與光線的交錯之間，男老師和太太交替著唱歌。

一一一二　三三三　五五五六五

風琴練到能配合太太獨唱的地步時，夜已經相當深了。村內所有人家都已入睡了，安靜無聲，無一例外，似乎讓太太更擔心吵到鄰居。她關掉小燈泡，赤腳探路回房間，大嘆一口氣，然後悄悄說話。

「女老師真是讓你扛了一個重擔呢。」

「嗯，不過她更辛苦吧。」

「是啊，又不像你，你只是得練風琴，她可是斷了一條腿呀。」

「大石老師搞不好不會再回來了喔。比起本人，她母親對此事更是激動呢，還說：女兒是無可取代的，我不想再把她交給品行惡劣的村子了。」

「大概是吧。不過她不來是一回事，如果沒有新老師代替她就傷腦筋了呢。」

她悄聲說話，彷彿覺得被人聽見就糟了，還憤恨地瞥了一眼海灣對岸。獨立大松所在的村子似乎也安靜沉睡著，遠如星子的燈火微微眨眼。一想到這樣的深夜可能只有自己在吃苦，她就恨透女老師了。

在那之後，男老師的太太又分擔了一項工作，那就是教四、五年級生裁縫。不過縫抹布一點也不辛苦，學生會在一小時內以纏手球[9]似的細心程度進行縫紉，她只要一個一個幫她們看成品就行了。不過她就是拿唱歌課沒轍，風琴實在太過困難了。彈琴時，她的手部動作不會像縫紉時那麼隨心所欲。在太太看來，男老師拚了命想要彈好琴的學習態度簡直可用莊嚴形容了。明明是十月，男老師卻練得滿頭大汗。他擔心琴聲被外頭聽到，練習時總是關上教室窗戶，結果逼出了更多汗水。

身為老師，會彈風琴是理所當然的，但小學畢業後就沒再念書、單靠努力取得教職的男老師最不擅長的，似乎就是風琴了。他出身鄉下，每間學校都沒有音樂科任老師，每個老師也都不教學生體操和唱歌。他自己也不想教那些，才拜託上級派他到偏僻海角來的，如今自己卻坐在風琴前面汗流浹背。想到這裡，他氣到都想砸琴了。

不過今晚狀況不同，他讓妻子擔任學生的角色，練到琴聲與歌聲合得起來的程度了。因此男老師的心情其實挺好的，有點得意地對太太說：「不過是風琴嘛，我只要有心，馬

9 手球：一種以棉線纏繞而成的球形玩具，多為女孩子喜歡玩。

上就能學會。」
太太也率直地點點頭：「說得對，說得對。」
明天就是大石老師開始休假後的第六堂唱歌課了，男老師甚至有點期待它的到來。
「學生一定會嚇一跳喔。」
「是啊，會對你刮目相看吧，原來男老師也會彈風琴。」
「對啊，也得教他們能登大雅之堂的歌才行。說到大石老師，整天只會教些蠢歌，什麼《啾啾千鳥》，什麼『喀嚓，喀嚓，喀嚓呀』，全都像是配盂蘭盆舞的曲子，軟趴趴的嘛。」
「不過孩子們唱得很開心呢。」
「哼。女孩子唱那些是沒差，但男孩子唱就不適合了。在這關頭，我有必要教首振奮大和魂的歌。我教的學生不全是女孩子呀。」
他在太太面前抬頭挺胸，逮到機會似地開始唱兩人剛剛排練的歌曲。
「千曳之岩，不重……」
「噓，人家聽到會以為你是神經病。」
男老師的太太嚇了一跳，連忙揮手。

於是，隔天終於來臨了。到了唱歌課的時間，學生依舊慢吞吞地進教室。反正今天唱歌又沒風琴伴奏了……懷抱如此想法，腳步自然輕不起來吧。如果小石老師在，她會在禮拜六第二節課結束後留下來一個人彈琴，第三節課的板木一響起，她就會改彈進行曲，眾人的腳步自然變得雀躍，在音樂引導下朝教室前進。大家的內心角落都隱約有一個念頭：像那樣去上唱歌課是多麼快樂的事情啊，那是說不出口的喜悅。因此，小石老師無法前來授課的現在，他們內心角落隱約懷有的念頭變成了「音樂課真是差強人意」。大家沒有清楚的自覺，但其實都有感覺。

「老師負責聽，你們唱自己喜歡的歌吧。」

男老師這麼說，連風琴都不看一眼。但若沒有風琴伴奏，學生就算想唱歌也無法立刻唱出什麼旋律來，唱了也可能會走音。

不過今天不太一樣。同學進入教室時，男老師已經坐在風琴前。嗡嗡，他也按下琴鍵要大家行禮了，儘管發出的音調跟女老師的不太一樣。學生紛紛露出詫異的臉色，哎唷？女老師平常會在兩片黑板上寫板書，右邊寫樂譜，左邊以直書寫今天要學的歌詞，男老師也依樣畫葫蘆。

千曳之岩
千曳之岩不重
報國之義甚重
有事之日　有敵之日
為國冒死深入
降下的弓箭與彈雨
盡男兒之本分　之丹心

漢字旁全標了假名。男老師從風琴前走到講台上，像平常教課那樣拿矮竹棒指著一個又一個單字，說明這首歌的意義，簡直像在上修身課[10]。無論他怎麼重複解說這首歌的深意，都沒有小朋友聽得進去，說幾次都沒用。一年級生先開始嘰嘰喳喳地交談，接著二年級也加入了。三、四年級生之間也傳出低聲交談，窸窸窣窣，窸窸窣窣。突然間，矮竹棒發出「啪」的一聲。老師拿它猛敲講台上的桌子。喧囂立刻止息，鴿眼般的眼睛全都盯著男老師的臉看。他嚴厲，卻又懷著某種柔情地說：「大石老師暫時還無法來上課，所以接下來由男老師教大家唱歌。要好好記住歌曲。」

話聲未落，男老師便走向風琴，低頭坐了下來，看起來簡直像在害羞似的。而且他還以那姿勢開始唱歌。

「一一一二三三三，五五五六五——來。」

學生們突然笑出聲來，因為男老師按照上一輩的方法將「do re mi」唱成「一二三」了。但不管他們怎麼笑都一樣，男老師並沒有自信用「do re mi」來唱歌。都走到這一步了，男老師乾脆按照他的方式從「一二三四五六七」（對應do re mi音階）開始教起。結果學生反而高興得不得了。

「三三三三二二二一三二——二——二二二二三五五五五五六五三……」

這種唱法簡直像神經病一下大笑、一下發怒似的，學生立刻就記住了，從那天起廣為流行。沒有人想配合男老師的意圖唱那些勇壯活潑的歌詞，大家都唱成：「五五五五六五三——」

---

10 修身課：以《教育敕令》為本，傳授道德教訓的課程。

那天過後的某個禮拜六，老師果然還是要他們在回家路上唱《千曳之岩》。這時一年級生香川益野，用故作老成的口吻對走在身旁的山石早苗說悄悄話：

「我真的好討厭男老師的唱歌課，還是比較喜歡女老師的歌。」

話一說完，她立刻開始唱女老師教的歌曲。

山上的　烏鴉　帶來了——

紅紅　小小的　信封……

早苗、小鶴也一起跟著唱了。

這時湊在一塊的，全是課只上到中午的一年級女生。

「女老師什麼時候才要來學校呢？」

益野望向獨立大松，其他人受到影響，視線也都投向大松所在的村落。

「好想見見女老師呢。」

說話者是綽號「小小」的加部小鶴。剛好路過的「擠吉」岡田磯吉和「廚房」德田吉次也加入行列，模仿小鶴說：「好想見見女老師呢。」

不知不覺間，他們似乎也真的動了念，停下腳步和其他人一起望向大松。

「聽說女老師住院了。」擠吉如實轉述他聽來的話。

結果小小搶著說：「住院是剛受傷的時候，現在已經出院了。我爸說他昨天在路上遇到老師呢。」

小鶴似乎是因為這緣故，才想搶先所有人去見老師一面。她的父親是叮鈴鈴屋，船上和陸上都跑，昨天甚至動用了大八車[11]。叮鈴鈴屋至少每隔一天便會接到海灣沿岸城鎮、村落的請託，到處繞啊繞地跑腿辦事，並在船上或車上滿載傳言賦歸。大家都是聽腰間掛著鈴鐺、到處跑來跑去的叮鈴鈴屋轉述，才知道大石老師的傷勢是阿基里斯腱斷裂，兩、三個月無法好好步行。

11　大八車：江戶到昭和初期使用的人力木製拉車。

「這麼說，老師就快來了，是不是啊？真希望她快來呢。」早苗眼神閃亮，但又被小鶴打斷了。

「怎麼可能來啊，連站都站不起來呀。」接著她有點得意忘形地說：「大家要不要一起去女老師家看看？」

她說完話，看了所有人的臉一輪。不知不覺間，竹一、綽號「漁家」的森岡正、仁太都加入他們的行列了，不過沒有人在第一時間贊同小鶴的靈機一動。他們就只是靜靜望著大松的方向，因為靠自己根本算不出到那裡的距離。單程八公里，大人口中的兩里，憑一年級生的步行經驗根本無法料想。遠到不能再遠，但又近到往海上一望瞬間便會映入眼簾。一想到那裡比氏神大人[12]所在處還遠，大家就覺得有點恐怖。孩子們之中沒有人走路到獨立大松過。每年廟會時，他們會走路或搭船到半路上的本村氏社去，但再過去還要走多久呢？沒有人知道。只有仁太在不久前去了大松所在村莊的下一個村落，但他也只是從氏社那裡搭公車經過大松罷了。不過大家還是圍著他問話。

「仁太，從氏神大人那裡搭公車過去要幾小時？」

仁太頓時得意了起來，鼻涕也不吸便說：「從氏神大人那裡過去的話，一下子就到了。公車會叭叭叭地一路衝到大松那邊，一塊糕點都吃不完就到了。」

「騙人，吃塊糕點只要一分鐘左右耶。」竹一說。

「對啊。」川本松江和西口美佐子也表示同意：「公車再怎麼快，也不可能一分鐘就到。」

仁太遭眾人反駁，頓時變得氣呼呼的：「我在氏神大人那裡吃糕點吃到一半，下公車的時候也還拿在手上啊。」

「真的嗎？」

「真的呀。」

「那來打勾勾。」

「好，打勾勾。」

如此一來，大家就放心了。沒有人想得到，仁太是因為出生以來第一次搭公車，大感稀奇，拚命盯著司機的手看，忘了要吃糕點，所以下車時食物才會還在手上。他們只憑「仁太搭過公車」、「公車抵達大松之村的下一村時吃不完一塊糕點」這兩點，推測氏社與

12 氏神大人：同一聚落居民共同祭祀的神道神祇。

大松之間的距離並不怎麼長。儘管是騎腳踏車，女老師不也是每天一大早從大松之村通勤到校嗎？想到這事實，大家腦海中浮現的印象似乎是「近」，而不是「遠」。就在他們心動時，一輛公車駛過對岸的沿海道路，讓他們更加按捺不住了。看起來只有一丁點大的公車，真的只花了一眨眼的工夫便消失到樹林內了。

「啊，好想去！」益野發出放肆的大叫，不知怎麼地，這聲呼喊甚至對男孩子也起了作用。

「我們走吧。」

「嗯，走吧。」

正與竹一都表示贊成。

「走吧走吧，跑過去再跑回來。」

「對啊對啊。」

小鶴和松江跳上跳下，膽識湧現。只有早苗和片桐琴江默不作聲。早苗原本就話少，不過琴江露出了五味雜陳的表情，大概是想到家裡了吧。

「小琴，妳不去嗎？」

小鶴彷彿在怪罪她，她的表情愈來愈不安了。

「我奶奶會過問。」

她小小的話聲中沒有自信。一年級的琴江是長女，下面有四個弟妹，大約五年前她就不得不扛起照顧他們的責任。如果回家跟長輩商量，獲得同意的機會很渺茫。而且，早苗、松江或小鶴的立場也跟她很接近，她們消沉地面面相覷。自古以來，「小孩在十歲前愛怎麼玩都沒關係」已成了教養的規矩，但玩也不能自由地玩，總是得帶著弟妹、背著嬰兒。真的可以恣意玩耍的小孩，只有身為獨生女的益野和美佐子而已。

琴江的一番話使她們想起這件事，不過現下的氣氛不允許她們卻步。

「吃完飯後偷偷溜出來吧。」小鶴如此慫恿大家，彷彿在說：妳們頭都洗了，不能中途退出。

「對啊，如果跟家裡的人說，他們不會放人的，所以我們瞞著他們去吧。」竹一動動腦筋，做出決定。如此一來，再也沒有人反對了，想到要偷偷出遠門，大家都雀躍不已。

「偷偷溜出來，差不多走到防波堤再會合吧。」

正這麼說，擔任總帥的益野又想得更細了。

「在防波堤上要是被雜貨店的老奶奶抓到，她會念個沒完的。差不多走到樹叢那裡再會合吧。」

「那樣比較好，大家走田裡的路吧。」

大家突然手忙腳亂了起來。

「真的要跑過去再跑回來嗎？」

再三自問的是琴江。大家跑回家後，她邊走邊思索。不管怎麼想，都沒必要下工夫騙家裡的人再脫身。自己一個人退出吧？這行不通。要是那麼做，明天也許就沒有人願意陪她玩了。她不想被排擠。但她也不想一聲不吭地溜出去，事後挨阿嬤或媽媽的罵。

要是小嬰兒沒出生在世上該有多好。

想到這裡，小嬰兒健史的臉突然變得可憎，儘管平日覺得他多麼可愛啊。她開始想要丟著他一天不管了。她的雙腳突然折返，走向田地，一看到樹叢便跑了起來。心跳加速，彷彿就要被誰逮到了。

兩小時後，最先開始擔心小孩的是琴江的阿嬤。

「肚子應該餓了才是啊，在幹啥呢？」

起先阿嬤只是在自言自語。原本打算等琴江回來後讓她背健史，自己再到田裡摘個二番豆的，但琴江遲遲沒回來。就算去學校找人，這時間她也不可能在了，阿嬤於是帶著小嬰兒和結繩前往琴江最要好的早苗家探問。她認定琴江是在那裡玩過頭了。

「你好，我家的琴江在不在這呢？」

當然不在。不只琴江不在，連早苗都還沒回來。回家路上，阿嬤也繞到荒神社看了一下，不過在杉樹樹蔭下玩耍的都是比琴江年紀大的孩子，或年紀更小的兒童。

她大喊，但並沒有特別向著誰：「你們知不知道我家的琴江去哪啦？」

「不知道。」

「今天一次也沒看到她。」

「不在早苗家嗎？」

各種回應迅速飛來，接連不斷，全都是令人火大的答覆。

「真是傷腦筋的傢伙。你們如果看到她，叫她馬上回家。」

嘿咻，阿嬤像是要拋東西似地將小嬰兒甩到背上，對根本還不懂事的他說：「你姊到底跑哪去啦。小琴這傢伙，回來之後不教訓她恐怕是不行了。」

不過想到琴江還沒吃中飯，她又有點擔心了。她邊擔心邊在土間做草鞋，做著做著，川本工匠的太太來了，步伐給人心煩意亂的感覺。

「妳好，今天天氣真不錯呢。我是來找我家阿松的，看來她不在呢。」

琴江的阿嬤聽到她這麼說，放下了手中的草鞋。

「阿松也沒回家啊。午飯也不吃，到底在哪晃啊？」

「我家阿松有回來吃飯，但吃到一半似乎有什麼事，放下筷子說她馬上回家，結果就沒回來了。」

琴江的阿嬤頓時擔心了起來，現在不該編什麼草鞋了。工匠太太說要繼續找人，離開琴江家後，阿嬤的憂心仍不斷加深。她進進出出，或坐或站，靜不下來。

「這也難怪，她正值愛玩的年紀。讓她成天顧小孩，她才決定要謀反吧……」

淚珠滑落阿嬤的臉龐。是不是從小就讓琴江顧小孩，她的屁股才特別凸呢？那年幼的身影浮現在阿嬤的婆娑淚眼前，揮之不去。

「話說回來，她到底人在哪裡，在做什麼呢？今天連年輕人都回來得晚……」

阿嬤走到戶外，眺望岸邊，覺得今天連外出捕竹筴魚的琴江爸媽都特別晚歸。

「還沒回來嗎？」

工匠太太第三度叫喚她前，小鶴的姊姊、早苗的弟弟、富士子的母親都來找家裡的女兒了。很快地，大家發現一年級生都不見蹤影，不久後才有一個從校本部回來的學生說他在一家叫八幡堂的文具店附近看到他們。家人們聽到這句話，憂慮才總算減半。不過這消息反而在村內傳開了，大家各說各話。

「據說有劇團來了，他們會不會是去看戲啊？」

「又沒錢，怎麼看？」

「小孩子很愛熱鬧呢。」

一年級生的家人如今帶著笑意聊起天來。

「現在大概在回家路上吧，餓著肚子，腳起水泡。」

「會用什麼臉回來見人呢？簡直蠢蛋。」

「回來後該對他們發飆嗎？還是不生氣比較好？」

「總不能稱讚他們呢。」

他們能這麼悠哉地說話，是因為擠吉的哥哥、仁太和富士子的父親出去接那些孩子了，這讓他們安心了下來。話說回來，完全沒有人想到大石老師的存在，他們也真是粗心啊。

三個出門接小孩的人，一到本村就向可能會知情的人問：「我想請問一下，剛過中午不久，有沒有十個七、八歲左右的孩子經過這一帶？你看見他們了嗎？」

同一句話，他們不知問了幾次。

那麼，孩子們同一時間在做什麼呢？

最早抵達樹叢的人，當然是琴江。她將學校帶回來的包袱藏到草叢，等待大家的到來。吉次和擠吉來了，彷彿在比賽誰跑得快似的。接著竹一和正也來了，最晚到的是富士子和仁太。仁太十分謹慎，在上衣、褲子的四個口袋內塞滿烤蠶豆，說家裡有的他全拿來了。他慷慨地分給每個人一些豆子，露出比所有人都開心的表情。喀哩喀哩喀哩，一行人嚼著豆子上路了。

「女老師會嚇一跳的。」

「是啊，她會很開心的。」

琴江一個人走在最前頭，轉身回望大家，心想：明明說要跑過去再跑回來，大家卻悠哉地散著步。到了就知道女老師狀況如何了，大家卻逕自說個不停。

「聽說女老師走路會跛腳喔。」

「女老師的腳還會痛嗎？」

「當然會痛啊，不是一跛 跛的嗎？」

這時擠吉小跑步到前頭去：「欸，大家聽我說，阿基里斯腱是這個，粗粗的筋，老師的這邊斷掉了。」

他指著自己的阿基里斯腱給大家看。

「這種地方斷掉了咧，一定很痛呢。」

接下來，大家的腳程總算變快了。孩子們是第一次在沒有大人陪同的情況下走這條路，每越過一片山之褶襞，新的景色就會出現在眼前，怎麼走都不會膩。穿越海岬，岔入海灣沿岸道路後，獨立大松之村便出現在斜後方遠處了。它變得如此靠近，簡直像是騙人的，使孩子們惶惶不安，不過沒人說出口。很快地，從校本部回來的學生從遠方出現。大家吃了一驚，面面相覷。

「躲起來，躲起來，快一點！」

益野一聲令下，其他十一個人立刻跑進莠竹叢，動作快得像猴子。莠竹不斷搖曳，發出帕沙帕沙的聲響。

「別動！發出聲音就糟了。」

益野噘起薄唇，用眼角稍稍翹起的瞇瞇眼使了個眼色後，連竹一和正都隱去聲音和蹤影了。看起來比所有人高一倍的莠竹叢藏起十二個孩子，沙沙作響。不過他們最後得以躲過高年級孩子，都要歸功於益野的臨機應變。大家被她一瞪，全都乖得像貓一樣。

跨出海岬道路後，總算要進入本村了。這時他們才開始用自然的音量交談。抵達獨立大松之村前，他們還會經過好幾個城鎮、村落內的許多聚落。過了一個大村或小村，隨後又迎來另一個，過了又一個，過程反覆到他們都膩了，但大松還是沒出現。從海岬之村望去，大松顯得非常近，彷彿就在眼前，現在卻連影子都看不見。他們透過腳底感受到八公里路（大人說的兩里路）的遙遠，話愈來愈少了。與他們擦身而過的人也都是生面孔，簡直像是來到遙遠的國外似的。惶惶不安有如一顆沉重的石頭，漸漸陷入大家的心中。

他們都不知道，再繞過一個海角，獨立大松就會近在眼前。向仁太問話也於事無補，所以大家也都放棄問他了。除了一步一步不斷前進，別無他法。竹一和美佐子的草鞋鞋帶最先斷掉，竹一於是把他沒斷的那隻鞋交給美佐子，自己赤腳走路。吉次和正的鞋子也不太妙。大家身上都沒有錢，買不了新的草鞋。草鞋快壞掉的人想到自己走了這麼長一段路過來，而回程只能打赤腳，心情反而更哀戚。

突然間，琴江哭出來了。沒吃午餐的她累得特別快，所以再也憋不住了吧。她蹲在路邊大聲哭泣，嗚嗚嗚，嗚嗚嗚。美佐子和富士子受到影響，也開始啜泣。其他人都停下腳步，傻愣愣地看著哭泣的三人。他們自己也想哭，根本說不出安慰的話。回頭就行了，如果有人說出「我們回家吧」就沒事了。然而，大家連說出這句話的力氣都沒有。連益野和小鶴也露出了困惑的表情，她們也想哭，卻哭不出來。大家還不如一起放聲大哭，搞不好會有人來救他們也說不定，但他們並沒有想到這些。

初秋的天空萬里無雲，午後的陽光從後方照亮泛白、乾燥的道路，使路中央的幼童行列顯得異樣。想回家的心情自然地湧現，他們不知不覺面向來時路。就在這時，一輛銀色的公共汽車隨著警笛聲奔來，十二名孩童的心情瞬間融合為一，退到狹窄道路旁的草叢內，成列迎接公車。連琴江都不哭了，一心盯著公車看。公車拖著煙霧似的灰塵，嗡嗡嗡地通過他們眼前。車窗邊出現一張意想不到的臉。

「哎呀，哎呀！」對方似乎這麼說，公車下一刻便通過他們眼前了。是大石老師。

「哇！」

大家忍不住發出歡呼，衝到馬路上，追著公車跑。腳程飛快，不知道力氣是從哪來的。

公車在途中停下，女老師下車後又開走了。她撐著拐杖，等不及大家來到身邊便大聲呼喚：

「你們到底是怎麼啦？」

沒有人跑過去揪住她的手。懷念的心情和某種恐怖使他們呆立原地，無法靠近她。

「我們來看老師，走了好遠的路呢。」

仁太開了話頭，其他人也都開始七嘴八舌了。

「我們約好一起偷偷過來的，對吧？」

「大松一直沒出現，剛剛小琴都哭出來了呢。」

「老師，大松在哪裡？還沒到嗎？」

「妳的腳還會痛嗎？」

老師笑咪咪的，但淚水不斷滑落臉頰。大家得知大松和老師家就在不遠處，沒什麼大問題後，再度發出歡呼。

「這麼說來，大松還真是遠呢。」

「遠到我們都想回去了呢。」

大夥兒圍著拐杖一起走到老師家，結果老師的母親也大吃一驚，雞飛狗跳，為了燒個灶火跑出家門外好幾次。之後學生們在老師家待了一個小時，被招待了豆皮烏龍麵，有人甚至吃了兩碗。老師非常開心，說要拍紀念照，找了附近相館的人一起到大松那裡去。

「我還想繼續跟大家待在一起，可是天就快黑了，家人正在擔心你們喔。」

她安撫不想回家的孩子們，哄大家坐上船時已經四點多了。露臉時間短暫的秋日已西斜，海岬之村受暮色包圍，彷彿什麼事都不曾發生過。

「再見。」

「再見。」

老師撐著拐杖在岸上目送學生離去，船上不斷傳來學生的呼喚。

三個大人一鎮接一鎮、一村又一村找人的期間，十二名孩童已透過他們料想不到的途徑回到村裡了。

「哇！」

「耶！」

岸邊傳來預期外的叫聲，村民都嚇破膽了。家長就算想教訓小孩，最後還是大笑收場。大石老師在村民間也變得更受歡迎了。

兩天後，叮鈴鈴屋的大八車上堆了罕見的貨物。項目太過瑣碎，所以他全蒐集到原本裝蘋果用的空箱，運出村外。他途中辦了許多交辦事項，抵達大松之村後便扛起裝蘋果的空箱，開始走路。每跨出一步，腰間的鈴鐺便叮鈴鈴地響。不久後，大石老師家的簷廊前響了一聲：「鈴。」叮鈴鈴屋的鈴鐺聲是一種問候，他不需多作解釋，對方便會知道有人從某處寄東西過來了。

「來，白米五合，豆子一升。這很輕耶，應該是小魚乾吧。來，還有一箱是白米一升，豆子五合……」

他取出好幾個小袋子，堆在簷廊隔出的鋪木空間內。袋子上寫有名字，都是講究情義的海岬村民給大石老師當作慰問的白米或豆子。

四　離別

照片洗出來了。以獨立大松為背景，十二名學生圍著撐拐杖的老師，或站或蹲。磯吉、竹一、松江、美佐子、益野……女老師依序看著，看到仁太時忍不住笑了出來，因為他憋氣憋過頭了。憋住呼吸的仁太整個人僵住，彷彿隨時都要「嗚……」地洩漏出低吟。那立正站好的姿勢，任誰看到都會忍不住笑出來的。除了益野和美佐子之外，每個人都是生平第一次拍照，所以動作大致上都很僵硬。其中仁太和吉次最特別。吉次和仁太相反，他縮起身子，別過臉去，還閉上了眼睛，直接反映出他平時的怯懦，旁人看了甚至會覺得好可憐。

廚房真可憐，他一定覺得拍照很可怕吧。可能以為會有什麼東西從相機裡衝出來吧……

女老師一個人對著照片笑，這時校本部的校長來了。他的聲音一傳來，老師便朝玄關移動，這回輪到她下意識地想要立正站好了。老師已不用撐拐杖，但走起路來仍一跛一跛，校長看了稍微皺眉，似乎覺得她很可憐。

「跌得很慘呢。」

「是，不過好很多了。」

「還會痛嗎？」

老師不知道如何回答比較好，結果她母親以為校長是來催人的，便代替女兒回答：「到現在都還給您添麻煩，真的很抱歉。是的，她的狀況已經好轉很多，但似乎還是無法騎腳踏車，所以才拖拖拉拉個沒完。」

不過校長並沒有那個意思，他是來探望老師的，還順便帶了個好消息過來。今天他直呼友人之女大石老師的名字：「久子小姐犧牲了一條腿，所以不用再到海岬那邊工作了吧。我決定請妳回校本部上課，不過看妳腳這樣，就連校本部也暫時去不了吧。」

母親突然淚眼婆娑。

「這消息真是……哎呀。」

她只說到這裡就暫時接不下去了。面對意料未及的喜悅，她連答謝之語都說不出口。為了蒙混過去，她對剛剛沉默到現在的女兒說：「久子，久子，怎麼啦？發什麼呆？快答謝啊！」

然而，大石老師聽到校長的好意安排並不怎麼開心。如果是半年前的話，她大概會開心得跳上跳下，但現在基於一些原因，她不那麼輕易地為調職感到高興了。因此，她說出口的並不是答謝之語。

「請問，這件事已經決定了嗎？接任的老師也找到了嗎？」

她的語氣簡直像在說：安排得太沒道理了吧。

「已經決定了，昨天開校務會議決定的。不能這樣安排嗎？」

「我沒有權利說『不』，但我還是覺得很傷腦筋呢。」

老師的母親若在場，一定會斥責老師，但她似乎出門去買茶點了。老師說出這番話是在母親出門之後。

校長笑嘻嘻地說：「為什麼會傷腦筋呢？」

「這個嘛，我已經和學生約定好了，一定會回海岬。」

「妳這話真讓我驚訝。不過，妳該怎麼通勤呢？令堂說妳暫時還無法騎腳踏車，我才這樣安排的。」

已經沒有她置喙的餘地了，她反而更加懷念起海岬之村，不禁依依不捨地問：「接任的老師是誰呢？」

「後藤老師。」

「哎呀！」

她差點說「真可憐」，話到嘴邊又吞了回去。她才想知道後藤老師該怎麼通勤呢，太令人擔心了。年屆四十又晚婚的後藤老師有個還在喝奶的孩子，住的村子雖然比她靠近海岬，但還是有一里半（六公里）的距離，她要如何在嚴寒中通勤呢？想到這裡，對後藤老師的同情以及放不下學生的不捨在她心中混在一起，使她倏地挑起眉毛。

「那麼，校長先生，能不能請你這樣安排呢？在我腳傷痊癒前由後藤老師代課，痊癒後我隨時可以去接棒……」

她以為自己靈機一動想到的點子很好，但校長先生的回答出乎意料。

「久子小姐真是重情重義呢，妳不要那麼替別人著想反而比較好。後藤老師是主動希望去海岬的。」

「哎呀，為什麼呢？」

「有些苦衷呢。她年邁了，明年原本輪到她退休，但去海岬的話可以再多待個三年左右。我告訴她這件事後，她就開開心心地答應囉。」

「哎呀，年邁！」

三十八、九歲叫年邁？懷巾孩子還在喝奶的女人叫年邁？大石老師怔住了，說不出話來。不知何時歸來的母親端出一盤水果，看到女兒失敬的態度，內心慌亂地說：「久子，妳怎麼啦？校長先生難得的好意，怎麼不好好答謝呢？我在一旁靜靜聽著，結果妳從剛剛就一直在唱反調……」

接著她在校長先生面前雙手貼地行禮。

「真的很抱歉，是我沒教好女兒。我大概是太寵這獨生女了，她才一直說些失禮的話。別看她這樣，她還是一天到晚想著學校的事呢，醒著也想，睡著了也還在想，成天把『好想快點去學校』掛在嘴邊。承蒙您將她調到校本部，我看她只要再十天就能搭公車通勤了，還請您多多照顧這任性的女孩。」

她把希望女兒自己說的話全說了出來，一再叩首，接著悄悄對女兒擠眉弄眼，但大石老師假裝沒注意到，仍執著於後藤老師的事情。

「那麼，後藤老師已經開始到海岬上班了嗎？」

校長也選擇奉陪，似乎覺得這不太尋常、愛作對的女孩很有趣。

「她還沒去。既然如此，我們再開一次校務會議，取消那個安排就行了。不過後藤老師應該會很失望吧。」

在場只剩女老師的母親焦躁不安，擔心受怕。

校長先生對母親說：「她很像父親大石呢，死鴨子嘴硬。而大石可是在小學就發動了罷課，前所未聞啊。」

母親哈哈哈地笑了。久子之前也聽過父親的這段過去。他小四時似乎遭受級任導師誤解，火冒三丈，便慫恿同學罷課一天。身為同學的校長也同情他，和其他人成群結隊地跑到鄉公所去，叫他們換掉老師。今年春天為了求職一事前往公所時，母女兩人才第一次聽聞父親少年時代的往事，笑到不行。父親的行為原本對大石老師而言只是往事笑料，如今卻讓她嚴肅地產生共鳴。

校長先生回去後，大石老師一個人陷入沉思。她母親用安慰的語氣說：「哎，久子，這樣不是很好嗎？」

然而大石老師默不作聲，晚飯也吃得比平常少。她一直深思到夜半才總算對母親說：「這安排也許很好吧，對我、對後藤老師都好。」

母親說「久子，這樣不是很好嗎？」後過了四小時，她才那麼回答。

母親露出鬆了一口氣的表情說：「對啊，對啊，久子，萬事都安排得很妥當啊。」

接著老師又思考了一陣子，明白地說：「絕對沒那回事呀，才沒有萬事妥當，至少對後藤老師而言就沒有。妳想想，說她『老邁』實在太失禮了。」

做母親的像是認定女兒正在氣頭上，不再否定她，而是溫柔地說：「總之我們該睡了吧？夜很深了。」

隔天早上，大石老師打定主意，搭船前往海岬之村。渡船人跟小鶴的父親一樣，靠擺渡、拉車維生，是大松之村的叮鈴鈴屋。這是十月末的無風早晨，天空和大海都無比湛藍，海上空氣彷彿繃得很緊，且相當冰涼，令人忍不住以兩袖掩胸。

「哇，大叔，好冷，該穿加襯的衣服了吧？」

「說那什麼話，太陽出來就不冷了。現在是最棒的季節，不熱也不冷。」

大石老師難得穿上絣織的嗶嘰布和服，搭上紫紺色的袴[13]。船中央鋪著草席，她側身移動坐好，以袴巧妙地遮住腳。船在深紺色的海上筆直前進，載著老師專一的意念，搖櫓聲規律地響著。兩個月前，她邊哭邊渡海，如今卻懷著奮起的心情通過它。

「我看妳吃了很大的苦頭呢。」

「嗯。」

「年輕人骨頭還很卵（軟），骨折了也好得快。」

「斷的不是骨頭，也不是筋，那部位叫阿基里斯腱，比骨頭還難好。」

「喔，那更糟糕呀。」

「不過，我不覺得自己吃了苦頭。受傷就受傷了，也沒辦法啊。」

「就算碰到、那種惡事，也要來、跟大家道別，真是好心、嘿咻、咻。」

渡船人的話語被搖櫓的動作切成一小段、一小段，發出「嘿咻、咻」時又更使勁了。

大石老師吃吃笑，有樣學樣地說：「你雖然、這樣說，但年紀、那麼小的、一年級生瞞著爸媽、來探望我，我怎麼能、不過去呢？嘿咻、咻。」

聽到大石老師笑得花枝亂顫，渡船人似乎心情也很好：「義理與、兜襠布、之於男兒，缺一不可。就是這麼、一回事、嘿咻、咻。」

大石老師捧腹大笑，笑得暢快。海上沒人會在乎她的舉止，搖櫓聲連她的笑聲都切成了一段段的。船隻接著進入對岸村落的外海，很快就逼近岸上了。早晨霧靄尚未消散的海岬尖端，似乎早已有船出航了，細碎的聲響頻繁傳來。孩子們現在過得如何呢？在她騎腳踏車通勤的那陣子，松江會在她抵達雜貨店前方時慌忙跑來，擠吉經常到堤防上等她，仁太三天遲到一次，早熟的益野、節制的早苗、一學期內就在教室內漏尿兩次的吉次……她回想每一個人的臉孔，想到這些小鬼頭竟然一鼓作氣走到獨立大松那裡，他們滿是塵土的腳丫子便浮現眼前，憐愛之心差點讓她的身體發起抖來。

上一次是我被嚇到，今天輪到我嚇大家一次了……最早發現的人會是誰呢？小船乘載著愉快的幻想前進，而背負著綠色林木和黑色小屋簷的海岬則愈滑愈近。兩個女孩子站在沙灘上望向船這頭。她們似乎不是一年級生，目不轉睛地看著船，似乎感到很不可思議。在缺乏生活變化的海岬之村，來自海上或路上的客人都引來好奇的眼光，而且一眨眼的工夫便會

13　袴：日本傳統和服下半身的褲裙。

招來大批人馬。杵在岸邊的小孩子增加為五個人了，等到第七個人出現時，大家的身影都變大了，嘰嘰喳喳的議論聲傳來，也辨識得出每個人的長相了。不過每個小孩子似乎都還沒看出穿和服的來者是誰，全板著臉盯著她看。即使對他們笑，他們似乎還是看不出來。她按捺不住了，舉起一隻手揮動，孩子們七嘴八舌的音量頓時變大，有人發出了喊叫。

「果然是女老師呀！」

「女、老師。」

「女老師、來了。」

不知不覺間，岸上的人群也混進了大人，形成盛大歡迎之勢。騷動中，渡船人拋出的繩索受到歡呼的拉扯，結果力道過了頭，把船都拖到沙灘上了。眾人的笑鬧持續了一段時間，接著他們決定先去學校再說。途中遇到的每個人，都向女老師表達慰問。

「您的傷口還好嗎？我很擔心呢。」

老師也一一向他們道好。

「謝謝，當初還承蒙您贈米，真是不好意思。」

「沒什麼，快別那麼說，只是一點心意呀。」

走幾步路後，有個扛鐵撬的人正在脫頭巾。他也表達了同樣的慰問。

老師便答：「感謝您前陣子送我那麼漂亮的蠶豆。」

結果對方笑笑地回了一句：「不是啊，我們家送的是芝麻嘛。」

女老師發現自己老實過頭了，決定接下來不再提對方送的是米還是豆子。畢竟只上了一學期的課，一年級生家長之外的村民，她都不太認得。接著遇到的下一個人有漁夫的儀態，她於是認定魚是對方送的，小心翼翼地向他點了個頭說：「很感謝您先前送我那麼豐盛的慰問禮。」

對方突然慌了，說道：「哎呀，該怎麼說呢，我原本想託人送禮的，結果慢了一步，沒能送出去。」

老師也慌了，面紅耳赤地說：「哎呀，真是失禮了，我搞錯了。」

如果是在從前，大家會閒言閒語說女老師在催人送禮吧。和對方分頭後，孩子們笑了出來，當中有個男孩子說：「老師，清六家沒送過誰禮物，只收過禮呀。他們要是上山工作，小便還是要回家裡的田上，不管離多遠都一樣。」

大家哇哈哈地笑了，而女老師之前也聽說過這件事。那次是他們家四年級的兒子沒帶音樂課本，班上總是只有他會這樣。老師以為他每次都忘記帶書，加以指正，結果他泫然欲泣地低下頭。

「他們說學唱歌也賺不到錢，不肯幫我買課本。」

這孩子名叫清一。女老師想起來了，她在下一堂唱歌課送了一本課本給他，他便開開心心地收下。他連教科書都是用別人用過的舊書，但據說是村內第二有錢的人家。好險清一不在這裡，女老師鬆了一口氣。

「老師，妳的腳還會痛嗎？」

最先提問的是仁太。雖然老師已經不拄拐杖了，但走路還是有點跛，仁太見狀才鬱悶了起來吧。

「老師，妳還不能騎腳踏車嗎？」接著小鶴也開口了。

「對，再等半年也許可以騎吧。」

「那，妳接下來要搭船來學校嗎？」擠吉提問。

老師默不作聲，搖搖頭。

琴江驚訝地說：「那是要用走的嗎？走那麼遠的路嗎？」

對琴江而言，那是想忘也忘不了的兩里路吧。在空腹和憂心影響下，最先哭出來的人就是她。她當初之所以將裝書的包袱藏到樹叢後出門遠行，只是因為不想被同伴拋下。搭船回海岬時，也只有她一個人沮喪低落。想到長輩不知會怎麼訓斥自己，她就慌張不已。然而，前來迎接她的阿嬤不等踏板架好便搶先所有父母跳入海中，將琴江抱下船。其他孩子像凱旋歸來的將軍似的，光采威風地跨過踏板，接受父母的迎接，只有琴江和阿嬤哭成一團。兩人繞到樹叢拿裝書的包袱時，已經能用平常的面目交談了。

「以後妳不可以一聲不吭就摸黑逃跑啊，出門前要先打個招呼。」

「要是說了，妳就不讓我去了。」

「也是，就像妳說的，沒錯。」

阿嬤的笑聲無力，像在顫抖似的。

「不過啊，再怎麼說也要吃過飯再出門，不然對身體有害。」

琴江聽她這麼說，想起老師家招待的豆皮烏龍麵。那碗麵好吃極了，光是想到就會流口水。空腹將它的美味放大好幾倍，烙印在琴江的味覺上。

之後她跟人聊到豆皮烏龍麵便會想起大石老師，想到大石老師時也會聯想到豆皮烏龍麵。老師突然現身的此刻，她又想起了那段長長的路途和豆皮烏龍麵，才提出問題：那段路那麼遠耶，要用走的嗎？然而，不只琴江，其他的孩子都以為今天老師是要回校上課了。老師發現每個人都對此深信不疑，這才想到，稍早上陸後該做的第一件事應該是表明來意才對。

我是來跟大家道別的喔……

如果她下船時大喊這句話，當場就會冒出離別的氣氛吧？她一面懊悔，一面順著琴江的發言開口：「對啊，那是很遠、很遠的一段路吧，如果我一跛一跛，嘿咻、嘿咻地走，走到學校時都天黑了吧？所以啊，我不能用走的。」

儘管如此，孩子們還是想不透。家裡有漁船的森岡正提出了他的想法，很像他會說的話：「那老師搭船來吧，我每天都去接妳。大松那裡而已嘛，小菜一碟。」

正最近學會搖櫓，相當自豪。

老師忍不住笑咪咪地說：「這樣啊，傍晚你還要送我回家嗎？」

「嗯，對吧。」

他把球拋給擠吉，大概是因為自己有點不安，想要援兵吧。

擠吉也點了點頭。

「這樣啊，謝謝你們，但我真是傷腦筋呢，要是早點知道你們願意來接我就好了。老師已經辭掉學校的工作了。」

「……」

「所以說，我今天是來向大家道別的。來說再見的。」

「……」

大家都沒說話。

「另一個女老師很快就會來了，大家要好好用功唷。老師非常喜歡海岬，但腳這樣是沒辦法上班的，對吧？等傷勢好一點，我會再過來的。」

所有人都低下頭，盯著老師的腳。早苗的眼眶蓄滿淚水，為了不讓它滑下臉頰，她一直瞪大眼睛，放出閃閃淚光。早苗很少流露自己的情感，因此老師一看到她的淚水，自己也泛淚了。下一秒，突然有人「哇」地哭了出來，彷彿捅到蜂巢似的，是益野。接著琴江、美佐子，甚至連個性強勢的小鶴都開始啜泣了，像是用哭聲在合唱。海岬分校的石門掛著古老的門牌，兩側立著巨大的柳樹和松樹。柳樹下，女老師在三十四、五名學生的包圍之中縱聲哭泣。益野的哭調實在太誇張了，吉次和仁太也聽到眼眶泛紅，似乎一直忍著不哭。有些年紀較大的學生望著他們，似乎覺得那場面很有趣。男老師在教師休息室的窗邊看到這一幕，半穿著只剩鞋頭的室內拖衝了過去，問完大家哭泣的原因後說：「什麼嘛，女老師特別來這一趟，大家要笑咪咪地迎接她啊，怎麼哭成這樣呢。來，讓開，讓開。女老師，快進去吧。」

然而沒人採取動作，還是哭哭啼啼的。

「真受不了，所謂唯女子和小人什麼什麼的。愛怎麼哭就怎麼哭吧，想哭的人儘管哭吧。」男老師拖著舊室內拖離開，啪噠，啪噠，啪噠，大家才總算笑了出來。他那句「儘管哭吧」實在太妙了。

宣告上課的板木響起了，今天的課程就要開始了。大石老師原本要來說個再見就離開，道別後卻像是受到什麼力量的牽引，走進了一、二年級的教室。大家看到好久不見的女老師，都興奮極了。

「那麼，就只有這節課我們一起上，之後就說再見囉。這堂是數學課，但要做別的事也可以唷。要做什麼？」

許多人舉起手來，表示「我要說」、「我要說」，結果老師還沒點名，益野便大叫：「唱歌！」

教室內響起歡呼和掌聲，大家似乎都贊成。

「我們到海邊唱。」

「哇！」喧鬧聲再起。

「老師，我們到海邊唱歌。」

益野又一個人敲邊鼓。

「那你們去跟男老師說，請他送你們到海邊唷，船還等著我呢。」

掌聲劈哩啪啦、桌椅空隆空隆地響。找男老師討論完後，大家決定要一起送老師離開。十二名一年級生走在跛腳的大石老師身旁打頭陣，殿後的男老師推著女老師受傷以來蒙塵至今的腳踏車，路上碰到的村民也跟著前往海邊。

「這次不能哭喔。」大石老師掃視，個個學生的臉龐，然後說：「來，打勾勾，小益也不能哭喔。」

「好。」

「小琴也不可以哭。」

「好。」

「早苗也不行。」

「好。」

這些孩子最愛哭，跟他們都打過勾勾就沒問題了。

她和一根又一根小小的指頭訂下誓約，來到海邊。仁太看著益野的臉龐大聲說：「要唱什麼歌？」

「就唱《螢之光》吧。」男老師說，但一年級生還沒有學過《螢之光》。

「那就唱一年級生也學過的《學習吧學習》。」男老師想讓女老師聽聽他教大家唱的歌。

但益野搶先一步大喊：「《山上的烏鴉》！」

她似乎非常喜歡那首歌，率先唱了起來。

山上的烏鴉　帶來了
紅紅小小的　信封

她才好不容易升上一年級，已經很習慣當領頭羊了，這也許是一種天生才能吧。她有能耐讓大家跟在她後面唱。

打開一看　在月夜
火燒山　好可怕

大批村民也聚集過來，向大石老師打招呼。老師一面唱歌，一面上船。

我想寫回信　定睛一看
什麼嘛　是紅葉一片

他們反覆歌唱，在某個時間點突然停了，接著對逐漸遠去的船隻呼喚。聲音細小，但不曾止息。

「老師！」

「要再來啊。」

「腳好了以後要再來啊。」

「約好了喔。」

「約、好、了、喔。」

最後聽到的是仁太的聲音，接著連語言的羅列都無法辨別了。

「他們真可愛呢。」

渡船人向老師搭話，她才回過神來，視線仍落在岸邊遲遲尚未散去的人群上，「真的，他們每個人都很好心。」

「不過大家從以前開始就說那個村子的人很難相處呢。」

「是啊。不過一旦了解他們的本性，就會覺得每個人都很好心。」

「就是這麼一回事。」

曝晒在強烈日照與海風下的人影，已經跟芝麻粒差不多大了。她仍望著他們所在的方向，不肯別開視線，彷彿想讓人影和海岬之村都滲入自己的內心深處。海上只聽得見搖櫓聲，但她的耳畔還有孩子們的歌聲。他們可愛的杏眼閃著光，始終映在她的眼瞼內側，不曾消失。

五　花畫

海的顏色、山的樣態都從昨日延續到今日，毫無改變。走在細長海岬道路上，準備到校本部上學的孩童也在同一時刻、同一位置上移動，不過仔細看會發現幾張臉孔變了。也許是因為這樣吧，大家的表情就跟四周林木的新芽一樣新鮮。竹一在行列之中，「擠吉」磯吉和「廚房」德田吉次也在，益野和早苗也從後方跟來了。

看倌要知道，新面孔的出現代表本故事從開頭到現在已過了四年歲月。四年。身為「一億同胞」[14]的一員，他們這四年的生活是否跟海的顏色、山的樣態一樣從昨日延續至今，毫無改變呢？

他們不曾思考過這件事，就只是在自身的喜悅和悲傷中成長，沒想到自己置身於巨大

14　一億同胞：二次大戰期間，日本為了統一民心、團結抗戰而使用的詞彙。

的歷史洪流之中，順其自然地長大。那四年的變化非常激烈，但他們之中有誰把變化放在心上嗎？他們年紀實在太小了，而且歷史是在他們料想不到的地方建構出來的。四年前的三月十五日，他們到海岬之村分校就讀沒多久；隔年的四月十六日，他們升上二年級。政府在這兩天迫害了「解放人類」的高聲呼喚[15]，也糾彈了構思日本改革的新思想，有許多和他們一樣的日本人鋃鐺入獄，但海岬之村的孩子全然不知情。占據他們腦海的事情只有一件，就是不景氣。他們也不知道不景氣與世界局勢有關，以為該狀況不是任何人的錯誤造成的，唯一確定的是不節儉過活不行。得知不景氣之中，東北和北海道爆發了饑荒，他們便一人帶一錢到學校捐款。接著滿州事變、上海事變[16]發生了，有幾個海岬居民被派上了沙場。

在動盪的世局中，年幼的孩子吃摻麥粒的米飯成長茁壯，不知前方有什麼際遇等待著自己，單純為成長感到開心。

升上五年級後無法請家裡買市面上流行的運動鞋也只能認命，把這筆帳記在人類力量無從應付的「不景氣」頭上，滿足於以前就一直在穿的草鞋；只要能穿新草鞋就夠令人興奮了。唯一一個穿橡膠底運動布鞋的人是森岡正，大家發現這件事的時候，視線全被鞋子勾了過去，叫嚷個沒完。

「哇，漁家的腳在發光，啊，亮亮（刺眼之意）。」

穿上鞋之前，正就已經開始畏畏縮縮了。此刻他覺得很丟臉，後悔地想：早知道就不要穿了。至於穿運動布鞋的女生只有小鶴一人，每跨出一步鞋子便晃呀晃的，彷彿隨時就要甩出去了。小鶴最後決定把鞋拿在手中，打著赤腳，憤恨地盯著它。六年級的女生拿自己的草鞋跟她交換，然後大聲說：「哇，十文半[17]，連我穿都太大呢。」

家人大概是想讓她穿個三年左右，才買這麼大的尺寸吧。小鶴已經走到雙腳肌肉硬邦邦了，穿草鞋還比較好走。

松江對鬆了一口氣的小鶴說：「欸，小鶴，在我這兒的便當還熱呼呼的呢。」

她拍了拍腰附近。

「百合花的便當盒？」

15 一九二九年（昭和四年）發生日本政府鎮壓共產黨的事，史稱「四一六事件」。

16 滿州事變即「九一八事件」，上海事變即「一二八事件」。

17 日本的鞋子尺寸單位，約二十五公分。

小鶴用表情問她：「什麼時候買的？」

松江心虛地回答：「沒有啦，我爸明天才會去買。」說完自己嚇了一跳，想起三天前的事。

松江聽說美佐子和益野都買了蓋子上有百合圖案的陽極氧化鋁便當盒，於是向媽媽吵著要。

「小益和小美都買了百合花的便當盒，你們也快點買給我嘛。」

「好好好。」

「真的要買喔。」

「好好好，會買給妳。」

「百合花的喔。」

「要百合花還是菊花都行啊。」

「那就趕快拜託叮鈴鈴屋去買嘛。」

「好好好，別那麼急啊。」

「妳只會一直說『好好好』嘛，我自己去叮鈴鈴屋那裡好了。」

她母親這才開始認真回應，不再用「好好好」打發她。

母親的說話速度有點快：「哎，妳等等，誰要付錢呢？要是不等妳爸賺到錢再去買，我們肯定會丟人現眼的。先別想那個了，我啊，到時候幫妳找比陽極氧化鋁更高級的便當盒。」

就這樣，松江當場被打發掉了。她後來得知母親找給她的是從前那種柳條編的便當盒，失望得哭了出來。她很清楚，現在根本沒有人用那種便當盒了。世間的不景氣也在父親身上作祟，他沒工匠的案子時甚至會去當臨時工幫人拔草，領日薪。松江知道他連買個便當盒的錢也拿不太出來，但她就是很想要。她有預感，要是在此刻收下柳條編的便當盒，爸媽就不會買百合花的便當盒，於是不斷向他們發牢騷，最後哭了出來。不過母親也不輕易認輸。

「現在不景氣啊，忍耐一點。等下個月景氣好一點，我們真的會幫妳買。好嗎？小松年紀最大，連妳都不聽話該怎麼辦呢？」

儘管母親這麼說，松江還是哭哭啼啼的。她肯定對這件事相當執著，才陰沉地哭個沒完，不知何時才要停。雖然遲早還是會止息，但接下來發生的事情讓她忘了要哭。

她的母親用堅定的語氣說：「小松，我一定會買便當盒給妳，要打勾勾也行，但妳要先幫我跑到產婆那裡，請她全速趕過來。路上順便請雜貨店的奶奶過來一趟。不應該這樣的啊，真是怪了。」

母親接下來的話都像是自言自語，她還在雜物間鋪了棉被。松江見狀總算不哭了，慌慌張張奪門而出，小小的身體像石子那樣滾啊滾的，心中的期待逐漸高漲，因為母親和她打勾勾，立下約定，說了那番話。產婆家在本村的盡頭，回程她坐產婆的腳踏車走了一段路，來到微微上坡處後，上了年紀的產婆停下車說：「妳在這裡下車，我得盡快過去才行。」

松江點了點頭，跑在腳踏車後方，看著它逐漸遠去，消失在山中。自從大石老師的腳踏車出現在村內後，女人總算也開始流行腳踏車了，如今那已不是什麼稀奇的光景。不過看著產婆遠去的腳踏車，某個想法突然冒了出來：父親每天都大清早起床，一步一步走到鎮上工作，如果他有腳踏車該會多麼省力啊。

松江跑到家中時，嬰兒已經出生了。雜貨店的老奶奶綁著束袖帶在汲水，似乎很忙的樣子。她一看到松江便說：「小松啊，妳應該很累吧，但我還是要妳趕快去燒水。」

她將水桶裡的水全倒到釜鍋中，然後小聲說話。

「是個小女孩，早產一個月呢。不過這也沒什麼不好嘛，小松，對不對啊？又生了個女兒，妳爸可能會很心煩，但生女兒好啊。她無法報效國家，但以後的事情沒人知道，就連小松十年後會多出人頭地，也沒人清楚呀。」

松江完全不懂她在說什麼，不斷忙著煮水。松江家中沒有長輩，母親若有什麼萬一，她就得進廚房，從小便是如此。

母親生產後的第三天，松江才首次帶著便當盒前往學校。睡在雜物間的母親叮嚀她，她才從釜鍋中挖出不再冒熱氣的白飯，裝到便當盒內。

「爸爸的兩個柳編盒，要幫他塞到滿喔。妳裝自己的飯，力道要輕喔，畢竟妳的便當盒很大。要是裝到梅乾都看不到，蓋子蓋上會破掉的。」

母親的產後不適似乎又要發作了，眉頭深鎖，頭上纏著手巾。

但幼小的松江不以為意，說：「媽，妳真的要買百合花的便當盒喔。什麼時候要買給我啊？」

「媽媽起得了身以後再買。」

「起來的那天馬上就買？」

「是啊，那天就買。」

松江開心極了，完全不在意今天向父親借用的鋁製便當盒有多大。它又大又深，輕輕鬆鬆就能裝入三個松江份的米飯，她卻完全沒想到這樣的便當盒放在小學有多滑稽，認為這大便當盒還比起柳編的盒子好一點。不僅如此，她還覺得便當盒傳來的溫度使她的內心保持著溫熱。小鶴問她話時，她不禁回了一句「明天買」，儘管明天家人根本無法買給她。不過一想到後天也許家人就能買給她，她又自顧自地展露了笑顏。松江出門時便是懷著如此溫情。不只是她，大家似乎都開開心心的。益野穿著新買的水手服，似乎很引以為傲；琴江的奶奶做的草鞋鞋帶是紺色的，沒混入紅色，這讓她感到開心；早苗穿的薩摩絣給衣質地很細，簡直像大學生穿的，她很在意自己的紅色八掛[18]，動不動就低下頭去。

母親搶在別人笑她的和服樸素之前先跟她說：「我本來以為它樸素得有點怪，但沒想到紅色八掛撐起了它的氣勢。而且我也覺得它真的很適合早苗，穿上去會顯得很聰明。下襬時不時會露出一抹紅色，真好看，真好看，太棒了。」

聽母親誇成這樣，早苗也率真地相信了。同學之中只有她和琴江兩人穿著和服，而琴江身上的也像是母親過去的衣服，黑色鋪棉銘仙和服，上頭有零星的圖樣，似乎仍是大人尺寸，沒另加修改，腰部和肩膀的打褶都鼓了起來。不過她引以為傲的配件是「鞋帶織有紅線段」的草鞋。通過草叢時，只有琴江突然想起大石老師，望向獨立大松。

「小石老師！」她在心中親暱地呼喚，結果小鶴湊了過來，彷彿聽到了她的心聲。

「妳知道小石老師怎麼了嗎？」

「什麼？」

發現琴江不知情，小鶴又轉身問早苗：「早苗，妳知道嗎？」

「知道什麼？」

小鶴左顧右盼，大聲說：「你們有人知道小石老師怎麼了嗎？」

每次有什麼新消息，都是小鶴帶來給大家的，眾人沒多想便圍住她。小鶴得意洋洋，瞪大像是篠竹切成的細眼，但眼睛還是沒變得多大。她看過一遍每個人的臉，然後說：

「小石老師呀，她呀，有好事臨門鈴鈴鈴。」

18 八掛：和服下襬內側。

接著她在益野耳朵旁嘰嘰喳喳地說悄悄話，原本只想當作兩個人之間的祕密，當作一種自豪的來源，結果益野鬼叫一聲：「哇，她成了新娘啊！」

「是啊，然後呢，接下來呢……」小鶴擠出「還沒完呢」的表情，刻意放慢說話速度：「我告訴妳，他們新、婚、驢（旅）、行去哪裡。」

「嗯。」

「嗯。」

「答案裡頭有『金』，有『毘』，有『羅』。」

「我知道了，他們去金毘羅宮參拜。」

「對。」

「哇！」眾人發出歡呼。一百公尺前方的高年級男生回過頭來看他們，但又掉頭走了。大夥兒快步跟上，但還是七嘴八舌地聊著小石老師的事。現在他們知道了，老師是在前天新婚，而小鶴的父親是在昨天聽到風聲的。益野認為，小石老師既然結婚了，搞不好已經辭掉教職了？小鶴也持相同意見，說小林老師也是在婚後辭掉了工作，展現她優秀的記憶力。接著，比任何人都早一步說出心中希望的，也是益野：好不想要她辭職。早苗和琴江難得表示同意。

早苗還對琴江說：「好想再見一次小石老師呀。」

「嗯……很快就見得到了吧。上次吃到的烏龍麵，真好吃呢。」其他人聽琴江一說，都想起了四年前的事，回憶歷歷在目。小石老師今天到底有沒有來學校呢？這成了大家心目中的重大問題。不知不覺中，大家的腳步愈來愈快了。

半跑半走的益野說：「我們來賭一把吧，賭她來了還是沒來。」

「賭吧！要賭什麼？」小鶴用迅雷不及掩耳的速度回答。

「輸的人……呃，呃，竹杖打五下。」森岡正說。

益野高舉手說：「竹杖打五下的話，輸了也沒關係。我賭老師會來。」

「我也是。」

「我也是。」

結果不如預期，所有人都認為小石老師會來，賭局開不成，學校也近了。五年級生是校本部的新生，當然會正經八百地穿過校門。他們隨意往教師休息室一瞄，發現小石老師正看著他們，揮手要他們過去。所有人見狀都跑了過去。

「我一直在等你們喔，心裡想著：『應該快到了吧？應該快到了吧？』等一下喔。」小石老師說著走到戶外，帶大家到堤防邊。

她望了所有人的臉一輪：「你們都長大了嘛，都快追到老師了。哎呀，小鶴感覺已經追過我了。」

她和小鶴比肩而立。「哇，輸了。但也沒辦法，我是小石老師嘛。」

大家都笑了。

「都是因為你們一直叫我小石老師，我才沒辦法變成大石老師呀。」

大家又笑了。笑歸笑，沒人說半句話。

「你們乖得很不尋常呢，升上五年級之後就變得這麼乖嗎？」

大家還是笑咪咪的，不說話，這是因為他們覺得小石老師看起來跟先前不太一樣。膚色變白了，而且走近還會聞到紫花地丁似的清香。大家都知道那是新娘子的氣味。

「老師。」益野總算開口了：「妳要教我們的唱歌課嗎？」

「對。不只是唱歌唷，我這次成了你們的級任導師。」

「哇！」眾人發出歡呼，突然間就敞開了心防，說個不停，不斷有人呼喊：老師、老師。呼喚聲中夾雜著海岬之村的大小消息，彷彿也將該地的大海顏色、呼嘯風聲送到她眼前。琴江的奶奶最近腦中風過世了；擠吉的母親得了風溼性關節炎，臥病在床；早苗額頭上會有擦傷，是因為先前和美佐子勾肩搭背、跑跑跳跳，結果從馬路上跌到海灘；廚房家有三頭豬死於豬瘟，他母親也病倒了。諸如此類的消息不斷傳來。

小鶴抓住老師的身體，加以搖晃：「老師，仁太為什麼沒來呢？」

「啊，我正想問你們呢。他怎麼了？生病了嗎？」

大家不立刻回答，相視而笑。老師看到他們的模樣，也跟著笑了，並心想：仁太一定是做了什麼超乎常理的事。

「怎麼啦？不是生病嗎？」她望向早苗，早苗便默不作聲地搖搖頭，眼神往下飄。

「他留級了。」美佐子回答。

「哎呀，真的嗎？」老師吃了一驚。

小鶴彷彿想逗笑她似地說：「因為他一天到晚流鼻涕。」

大家都哈哈大笑，但老師沒笑。

「妳騙人喔。如果流鼻涕會留級，大家一年級的時候都會留級呀。他是因為生病或別的原因，請了很多假吧？」

「可是，男老師就是那樣說的。俗話說『逐一拉拔鼻涕小鬼』，但仁太到了四年級還一直流鼻涕，所以要再讀一次四年級。」

聽到小鶴這麼說，大家都開始吸鼻子了，窣，窣，窣。老師稍微笑了一下，但馬上露出憂慮的表情。上課鐘響了，老師便和大家分頭回到教師休息室，滿腦子都是仁太的事。「真可憐。」她自言自語。想到留級的仁太得和他弟當同學、重讀一次四年級，小石老師就悶悶不樂。男老師如果真的說了「逐一拉拔鼻涕小鬼」這句話，那他要求仁太重讀四年級才是要那孩子鼻水流個不停吧。大個子仁太若因此喪失了天真無邪的個性，簡直是一生的不幸。被眾人留在原地的仁太想必很寂寞吧？那份寂寞快步向她進逼，反覆浮現。

逐一拉拔　鼻涕小鬼

逐一拉拔　鼻涕小鬼

仁太為什麼會被遺留下來呢？

大石老師想找竹一再問一次話，等到午休時間便出了休息室。堤防邊的柳樹下可將運動場盡收眼底，但她在那裡看不到竹一的身影，而是先發現松江。松江不知為何一個人靠著校舍的牆壁，垂頭喪氣。看見老師向她招手，她一路跑到堤防邊，露出笑容。她的眼睛跟母親像極了。她伸手，讓老師拉她上去，這時的羞赧表情更神似母親了。松江不知道老師是想問仁太的事，以走投無路的語氣發出呼喚，似乎想逃離自己的窘迫。

「老師。」

「怎麼啦？」

「呃，呃，我媽媽生了一個女孩子。」

「哎呀，是嗎？恭喜啊，叫什麼名字？」

「呃，還沒有取名字，前天才出生的。明天，後天，大後天。」松江緩緩依序收起三根手指，「六日離（命名日）。這次輪到我想名字了，可以取自己喜歡的名字。」

「這樣啊，妳想到了嗎？」

「還沒，剛剛就是在想。」松江突然笑了，似乎很開心，「老師。」

顯然是要另起話題的語氣。

「我在這裡啊。妳似乎心情很好呢，怎麼啦？」

「呃，媽媽能起床後，要買陽極氧化鋁便當盒給我，蓋子上有百合花圖案的便當盒。」

松江吸了一口氣，呼吸中夾帶著隱約的「嘶」聲，喜悅在她臉上綻放。

「哎呀呀，真棒，有百合花圖案的啊。啊，小寶寶的名字也要取作那名字嗎？」

松江聽到她這麼說，扭了扭肩膀，彷彿想用全身上下表現她的害羞與喜悅。

「還不知道啦。」

「呵，妳要確定啊。幫她取名為百合吧，還是要叫百合子？百合繪？老師比較喜歡百合繪，現在有太多百合子了。」

松江點了點頭，開心地仰望老師的臉。老師似乎是第一次看到松江露出如此溫柔的眼神，將自己的感情都投注到她長睫毛覆蓋的黑眼珠上，不知不覺間放寬了心，暫時不再牽掛仁太了。松江的喜悅更是老師的好幾倍。她沒告訴老師，剛剛中午吃便當時，她帶來的父親的便當盒被小鶴、美佐子嘲笑了，所以她才自己躲到一旁去。如今她的氣餒已像夏草上的朝露般消失無蹤，精神都回來了。老師只特別眷顧她一人，而這件事她決定不告訴任何人。然而，她在那天回家路上不小心說溜了嘴。

「我要把家裡的寶寶取名為百合繪。」

「百合繪?嗯……百合子比較有格調呀。」小鶴像是要潑她冷水。

結果松江抬頭挺胸地說:「可是小石老師說百合繪比較少見,比較好。」

小鶴刻意誇張地說:「啥?小石老師為什麼會那樣說?啥啊!」

她湊近松江的臉,用窺探的目光盯著她說:「啊,我知道了。」

她把走在旁邊的美佐子拉到後面去,偷偷摸摸地說悄悄話。接著依序把嘴巴湊到富士子、早苗、琴江耳邊。

「對吧,我說的對吧?」

乖巧的三人以怯懦的沉默表示她們不贊成小鶴的說法,因此小鶴孤立松江的計畫宣告泡湯了。跟她意氣相投的益野今天繞到母親的店裡,沒跟她們一起走,這成了小鶴的弱點。她對大家說,松江希望小石老師偏袒她一人,所以去討好老師。結果這番話反而害小鶴自己遭到孤立。她一個人悶悶不樂、一聲不吭地快步走在眾人前面,大家也安靜地跟在她後方。

就在她們繞過一個海角時,前方的小鶴突然停下腳步,眺望大海。其他人也望向同樣的地方，像雁子那樣模仿先行者。小鶴一邁開步伐，其他人也跟著走。很快地，大家的視線不知不覺落到海上的同一個點，忘了要走路。

小鶴是打從一開始就知道了嗎？還是和大家一樣，現在才注意到？有艘漁船正划著快槳，橫渡平靜的春日海面。兩個赤身裸體、綁著頭巾的男人使盡全力在搖櫓，兩根櫓後拖著寬寬的水花。船隻朝對岸城鎮遠去，速度有如狂奔。現在不是吵架的時候了。

怎麼了？

誰家出事了？

大家面面相覷。看到逐漸消散又重新拖出的水花，她們只知道海岬之村有突發性的大事件了。一定是有人緊急送醫了。船中央鋪著棉被，想必有人躺在那裡。但轉眼間船隻已遠去，無法判別乘船者的身分。它像飛鳥的影子般掠過，像瞬間完結的夢境。不過沒有人認為那是夢。海岬之村每一、兩年就會出一次大事，會有人被緊急送往鎮上的醫院。孩子們回想著那些事件，思考著。小石老師也曾像這樣被人送到醫院去。是有人受傷了嗎？患了急性盲腸炎嗎？

到底是什麼呢？

有誰盲腸出了問題？

後方追來的男孩子也杵在那裡，開始討論起來。女孩子沒人出聲，每當有男孩子說一句話，她們就將視線投向他。這時，松江突然想起今早出門前，母親的表情。不安瞬間攫獲她，有如落下的黑影，但她拚命打消念頭，告訴自己不可能。不過，她接著又想起母親喊頭痛，眉頭緊蹙，拿手巾死命纏到頭上。打結處在她的額頭，而她額頭的肉隆起、皺成一團。無法抹滅的不安又逼近了。母親起先想請父親休假在家陪她，但父親無法放下工作。

「讓松江請假就行了。」父親說。

母親回答那就算了，然後對松江說：「學校才剛開學呢。不過放學後妳要直接回來，別在外面玩了。」

松江想起這番對話，心跳加速，腳不知不覺間跑了起來，超前眾人。其他孩子也跟著跑了起來。跑啊跑，跑到腳都不聽使喚了，海岬的屋舍才總算映入眼簾。這時松江的膝蓋發抖個不停，嘴巴吸吐著氣，肩膀激烈起伏。雜貨店位於村子入口，而松江家就在隔壁。風中飄蕩的尿布讓她鬆了一口氣，安心到差點哭出來，但下一秒心臟彷彿又要停止跳動了。因為她發現井邊的人不是母親，而是雜貨店的老奶奶。她像小石子般輕快地衝下坡道，跨過家中門檻後仍維持原本的奔跑之勢直衝母親所睡的雜物間。母親不在那裡。

「媽……」她語氣沉靜。

「媽媽……」這次帶著哭腔。

雜貨店傳來嬰兒的哭聲。

「哇！哇！媽媽！」

松江使盡全力呼喚，嗓音傳得好遠，彷彿能響徹天空、大海。

六　月夜之蟹

五年級生的教室位於河邊新建校舍的第一排，從靠河的窗戶放眼望去，便會看到一道高聳、與地面呈直角的石牆延伸到河床上，牆壁與校舍間夾著一片狀似衣衽的細長三角形土地。為了預防意外，大人將圍住河岸的堤防築成離地三尺高，結果沒什麼用處，玩耍時間稀少的孩子們還是會沿著石牆走到河裡。主要是男孩子愛這麼做。河流上游一戶人家也沒有，潺潺流水十分潔淨，從山上一路流到這裡才首度接觸到人的肌膚，懾人地冰涼、澄澈。對孩子們而言，光是將手腳泡在水中就夠滿足了，那觸感實在舒服。河水奔流到此才首度接觸到人手，受阻而產生混濁。不知誰開始放風聲說河裡有鰻魚，孩子們聽聞後熱切關注河底，每天造訪堤防，意外和漁夫產生了一些互動。他們翻開河床的石頭，尋找從來不曾抓到過的鰻魚。雖說每次冒出來的都是螃蟹，但那也已經夠有趣了。漁夫和看熱鬧的人不斷增加。那一帶的水很淺，連腳踝都未必蓋得住，在那裡玩耍並不危險，因此小石老師也睜一隻眼閉一隻眼。

「老師，給妳絨螯蟹。」

森岡正有收穫了，他手伸得長長的，遞出的螃蟹呈現泥巴色，也許是保護色吧。蟹腳上長著粗毛。

「我才不要呢。」

「老師，這明明可以吃啊。」

「不要，要是吃了，手腳都會長出鬍子。」

河底和堤防傳來了笑聲，窗邊的老師當然也笑到肚子都痛了，不過她上一刻的心情截然不同，根本笑不出來。那時她眺望著窗外寬闊的天地，看到河中、堤防上的孩子都自然而然地群聚在一起，但松江的身影並不在其中。眼睛看不到的那道身影，時不時會占據老師的心房。

母親過世以來，松江還不曾進到這間教室。由前排數來的第三個座位已經空了兩個月。松江喪母的一個月後，老師想起始業式的對話，買了個百合花圖案的便當當作禮物登門拜訪。剛好川本工匠也在家，他慟哭地說：只要小嬰兒沒死，他就不會讓松江去上學。他的理由清楚明白，所以老師也不能要求他讓松江回校上學，只能沉默地望著松江的臉。松江背著小嬰兒，縮著身子坐在父親身旁，沉默不語。她的眼瞼似乎腫得不太自然，整個人處於放空狀態，腦袋似乎沒在轉。

老師將便當放到她的膝蓋上：「小松，這是百合花圖案的便當喔。回來上學後就用它吧。」

松江點了點頭，看起來不怎麼開心。

「要能早日回來上學就太好了呢。」

老師說完自己嚇了一跳，這等於是希望小嬰兒早日死掉。她不禁羞得面紅耳赤，但松江父女似乎沒有清楚接收到那句話的含意，收下便當盒時只流露出感謝的視線。

老師後來得知小嬰兒不久後就過世了，為松江鬆了口氣，但這女孩還是不怎麼拋頭露面。光向益野和琴江她們打聽狀況也於事無補，老師最後還是寫了一封信給松江，那是大約十天前的事。

松江，小寶寶百合繪真是可憐呢。不過人死不能復生，我們對這件事無能為力。請妳在心中好好疼愛她，然後打起精神吧。妳什麼時候要回來上學呢？老師每天都看著小松的空位，掛念著小松。

快點來吧，來吧，小松。快點來和大家一起上學吧。

老師把信交付給住得離松江家最近的琴江，但她自己也知道信中的要求對松江而言多麼無理。儘管小嬰兒不在人世了，琴江還有兩個弟妹。儘管她剛升上五年級，身心靈都很幼小，卻得硬著頭皮扛起一家主婦的工作。她再怎麼抗拒也無法脫身。為了讓父親外出工作，幼小的松江就必須負責灶火、清洗衣物。姊弟三人像小雞般窩在一起等父親回家的悲慘身影閃過老師眼前。法律規定上學是幼童的義務，家長應讓他們去學校，但沒有任何制度可以保護他們的受教權。

隔天，琴江一見到老師便向她報告：「老師，我昨天送信到小松家，結果有個不認識的太太在那裡。我問她小松在家嗎？她說不在。我沒辦法，只好請她拿信給小松。」

「這樣啊，謝謝妳。小松的爸爸呢？」

「不知道，沒看到……那個太太塗了白粉，穿著漂亮的和服。小鶴說，她搞不好是嫁到他們家了。」琴江有些害臊地微笑，「如果是那樣就好了，松江就可以回來上學了。」

之後又過了十天，松江還是沒現身。老師望向窗戶下方，內心蒙著一層陰影：她真的讀了信嗎？這時，正捉到了三隻絨螯蟹，將牠們放入空瓶中，得意洋洋地爬上石牆。三角形空地上的杏樹枝葉茂盛，準備迎接夏天的到來，並在堤防上拉出黑影。家住海岬的女孩子群聚在樹下迎接捕蟹勇士，爭先恐後地對他喊話。

「漁家，給我一隻啦。」

「我也要啦。」

「我也要喔。」

「我們說好的。」

螃蟹只有三隻，想要的人卻有四個。正一邊思考一邊爬牆。

「要吃，還是不吃啊？」他看了一輪大家的臉，打算把螃蟹送給想吃的人。

小鶴最先回答：「要吃，要吃，月夜的螃蟹最好吃了。」

正聽她這麼說，咧嘴笑了：「騙人，黑漆漆的夜裡捉到的螃蟹才好吃。」

「騙人，是月夜的才好吃。」

「我是那樣聽說的，別人告訴我的。月夜的螃蟹瘦巴巴的，不好吃。」正的語氣有十足把握。

「我是那樣聽說的，別人告訴我的。月夜的螃蟹很好吃，我想要試吃看看，你給我們吧。」小鶴不服輸，學他說話。

「什麼啊，吃這種河蟹怎麼吃得出來，要吃海裡的才行啊。」

女孩子們聽了之後喧鬧不止，七嘴八舌地問窗邊的老師：「老師，月夜的螃蟹和黑漆漆的夜裡捉到的，哪一種比較好吃？」

「是月夜的。」益野、小鶴、美佐子這一方說。

「不知道耶，不過我覺得是黑漆漆的夜晚捉到的……」

男生那一方發出歡呼：「看吧，看吧。」

但老師接著又說：「不過又好像是月夜的……」

女孩子們高舉雙手，開心地跳上跳下。就這樣，大家都覺得起鬨叫囂很有趣，沒人認真思考答案，只有正熱切地仰望老師說：「老師，別說蠢話！」

結果女孩子們又激動了起來：「你罵老師蠢。」

「喔！漁家罵老師蠢。」

正抓抓頭，等到大家平靜下來才認真地說：「可是老師，我這樣說是有根據的。螃蟹很笨，到了月夜會把自己的影子看成怪物，受到驚嚇，這樣就會變瘦。在黑漆漆的夜晚，牠看不到自己的影子，比較能安心，所以會長肉。應該是因為這樣，我們在月夜捕到螃蟹才會放走吧。月夜捕到的螃蟹乾巴巴的，一點也不好吃。放到沒月亮的夜晚後，牠的身體就會變得很有彈性，很好吃。老師，我說的都是真的呀。妳覺得我騙人的話，可以吃吃看。」

「那麼，大家一起試吃吧。」

老師開玩笑地說，結果隔天，森岡正真的帶了月夜捉的螃蟹來學校。第一節算數課開始前，他將葫蘆形的籠子遞到老師面前。

「老師，這是螃蟹，月夜捉的螃蟹。瘦瘦的、不好吃的螃蟹。」

螃蟹是今晨才捉的，還活跳跳的，發出喀沙喀沙的聲響。大家都笑了。

「漁家同學，真的帶螃蟹來了啊。」老師也笑了。她似乎別無選擇，只能接下籠子。螃蟹在籠子內沙沙爬行著，彷彿在表示：我到了這關頭還是要試著扭轉自己的命運。不知怎麼地，兩隻螃蟹的大螯都扯斷了，看起來十分悲慘。牠們雙雙舉著僅存的螯，作勢要夾靠近的人，還不斷吐著泡泡。

「好可憐啊。這要給老師吃嗎？」

「嗯，我們講好的。」

「放走牠們吧。」

「不要，我們講好的。對吧？」正轉過頭去尋求同學的支持，男孩子都開心地拍手。

「那這樣吧，晚點我請工友煮一煮，我們上理科課時來研究牠們。然後也請大家以『螃蟹』為題，寫一篇作文。」

「好！」

「好！」

同學們都非常贊成。老師將捕籠掛到窗邊柱子的釘子上，螃蟹整節課不斷發出沙沙聲，逗得同學哈哈大笑。

下課後，老師取下葫蘆形捕籠，親自送到工友休息室去。小鶴和琴江也跟了過去，似乎有什麼事。

「老師。」她們呼喚，並等老師轉頭，「我們要告訴妳小松的事情。」

「小松？」

「是的。小松，昨晚搭船去大阪了。」

「咦？」老師忍不住止步。

琴江仰望她的臉，露出激動的表情說：「她去親戚家當養女了。」

「哎呀。」

「所以說，小松家只剩爸爸和男孩子了。」

「這樣啊，小松很開心嗎？」

琴江默不作聲，搖搖頭。

小鶴接替她說：「小松說她不要去，一開始還抱著院子入口的柱子哭呢。她爸爸看了，態度變得比較不那麼強硬，溫柔地哄她，但她就是不鬆手。接著他就出拳打她的頭了，還推她的背。小松哇哇大哭，大家都沒力了。雜貨店的老奶奶最後終於哄到她接受了，但大家看到她的樣子也都跟著哭。我也哭到沒力了。我們送了她一段路，但她一句話都不說。對吧，琴江？然後……」

老師突然把臉埋向手帕，嚎啕大哭。小鶴嚇了一跳，閉上嘴。早苗和益野不知何時也來到了她們身邊，痛切地看著單手提捕籠、低頭以手帕拭淚的老師。看著看著，其他人也眼眶泛淚了。

之後，前排數來第三個靠窗座位空了好一陣子，只有老師曾默默坐到那個位子上。松江只坐過一次的位子。後來班上很快就調整了座位，那一列變成男生坐了。此後，他們再也沒有松江的消息。老師沒問，學生沒提，松江也不曾寄信來。松江的身影，已經從大家的心中消失了嗎？這五年級的女孩並沒有知會同學一聲，便前往他方了……

接著，時間來到三月，孩子們即將升上六年級了。春天已近在眼前，卻稀奇地下起了雪。大石老師晚搭了一班公車，因此一抵達學校前方的公車站就跑了起來，傘也不撐。她衝進職員休息室，感覺到異樣的氣氛，不禁停下腳步掃視在場的十五名老師，思考該找誰問話。

「怎麼了嗎？」她問同事田村老師。

結果田村老師露出「噓」的表情，下巴朝休息室深處的校長室一點，低聲說：「片岡老師被警察帶走了。」

「咦！」

田村老師又快速地搖搖頭，露出「小聲點」的表情。

「警察現在正在問話。」

他再度朝校長室使了個眼色，悄聲說：剛剛才搜完他的座位。現在似乎完全沒有人知道真相為何，大夥兒聚到火盆邊一聲不吭，等到上課鐘響才終於活過來似地跨上走廊。

大石老師來到田村老師身旁時率先提問：「怎麼了？」

「據說他是赤匪。」

「赤匪？為什麼？」

「我不知道為什麼。」

「他們說片岡老師是赤匪耶？為什麼？」

「妳問我，我也不知道呀。」

他們剛好抵達教室門口，兩人笑著道別，但心中都留著疙瘩。毫不知情的學生看起來比平常還要活潑，也許是因為下雪讓他們更亢奮了吧？一旦站上講台便該拋棄所有雜念，但對執教鞭五年的大石老師而言，從來沒有一堂課像此刻這般漫長。第一節課下課後，她回到教師休息室，發現大家的表情都鬆懈了。

「警察回去囉。」有個男老師笑著說，他年輕、單身，剛從師範科畢業，「所謂『老實只會吃虧』呀。」

「說那什麼話，當老師要有老師的……」大石老師被人推了一把，沒繼續說下去。推她的人是田村老師。

這時副校長出來說明了。他說片岡老師只是證人，而且校長現在也去保他了，他應該很快就會回來吧。真正出問題的不是片岡老師，而是隔壁鎮一個叫稻川的小學老師，聽說他向任教的班級鼓吹反戰思想。稻川老師和片岡老師是師範科同學，因此警方也一併調查，以防萬一，結果他跟這件事沒有半點關係。也就是說，警方沒有掌握到相關證物。這裡所謂的證物是稻川老師給指導班級的作文集《草籽》，片岡老師的家中、座位上都沒有這本書。

「哎呀，《草籽》我也讀過啊，但那本書為什麼是赤匪的證據呢？」大石老師不解地問。

副校長笑著說：「所以才說『老實只會吃虧』呀。警察要是聽到妳這麼說，妳也會被當作赤黨的喔。」

「哎呀，真怪。我很佩服《草籽》當中的文章寫法，還曾經念過幾段給班上的孩子聽呢。〈割麥子〉、〈醬油店的煙囪〉都很好呀。」

「危險，危險啊。那本《草籽》是稻川給妳的嗎？」

「不是。有人寄到學校來，被我發現的。」

副校長的語氣突然變得驚慌：「那本書現在在哪？」

「我的教室裡。」

「請妳拿過來。」

謄寫版《草籽》立刻就被扔進火盆中燒掉了。處理得慌慌張張的，彷彿上面沾滿黑死病的病菌。略帶褐色的煙霧升到天花板，從微啟的玻璃窗縫溜了出去。

「啊，不該燒掉的，應該交給警方才對。不過這樣一來，大石老師就會被警察帶走了。哎，總之我們就繼續忠君愛國吧。」

大石老師沉默地望著煙霧的去向，彷彿沒聽到副校長說什麼。

隔天報紙為稻川老師一事下了一個大標題：侵蝕純真靈魂的赤色教師。鄉下人全都嚇了一大跳，簡直像是被鐵鎚敲到頭。稻川老師原本備受學生信賴，頗有人望，一夕之間就被貶為賣國賊了。

「啊，真可怕，真可怕。只能求不過不失了。」喃喃自語的人是上了年紀的准訓導[19]，其他老師都沒有發表意見和感想。大張旗鼓的報導當中，僅有四、五行字使大石老師看得目不轉睛。稻川老師的學生一人拿著一顆蛋湧向警局，說要慰問冰冷拘留所中的老師。

片岡老師今天已經來上班了。他彷彿在一夜間成了英雄，人人想找他攀談，問他：「還好嗎？」他答呀答的，臉頰在一天內就消瘦了。

此刻他撫摸刮過鬍子後泛青的肌膚，同時說：「哎，現在回頭想想，整件事實在蠢到不知道要說什麼呢。差點就要被當成赤匪了。稻川說什麼：『你只來聚會四、五次吧，讀過小林多喜二的書吧？』我說我沒聽過小林多喜二的名字，他又說：『混帳，他不久前才見報嘛。』聽他這麼一說，我才想起來。就那個嘛，之前有個小說家死在警察手上。」（作者注：實際上是遭拷問至死，但報紙寫他心臟痲痺身亡。）
「啊，有有有，赤色小說家。」單身的年輕老師說。
「稻川家搜出許多跟什麼無產階級有關的書，他還在念師範科的時候就很愛讀書了。」
那一天的國文課，大石老師採取了冒險的行動，因為學生們已經知道《草籽》的存在，也知道那個老師發生了什麼事。
「家裡訂報紙的人，請舉手！」
四十二個人當中，有三分之一左右舉手。
「有誰會讀報紙？」
只有兩、三個人。
「有誰知道赤匪是什麼？」
沒有人舉手。幾個人面面相覷，由表情看來，他們的心裡都有個底，但不知如何清楚說明。

19 准訓導：舊制小學的職等。

「有誰知道無產階級是什麼?」

沒有人知道。

「資本家呢?」

「我知道。」有人舉手了。老師指了他一下,他便說:「有錢人。」

「嗯……哎,算你對吧。那勞動者呢?」

「我知道。」

「我知道。」

「我!」

幾乎所有人都舉手了,就只有「勞動者」的詞意是他們親身領會過、有自信作答的。大石老師自己也是。如果她剛剛發問時被學生反問,大概會說「老師也不清楚」吧。五年級生還沒有那樣的本事。不過大石老師隨後就被下了封口令,是校長叫她過去警告了一番。課堂上提到的也不過就那些,消息是怎麼流傳出去的呢?

「妳要是不小心點,我會很傷腦筋的。在這關頭可不能隨便說話。」

校長和她父親是朋友,有一層特殊關係,所以他只提出警告便了事。然而,這件事讓大石老師開朗的神情蒙上陰影，久久不散去。它就跟當初並不怎麼放在心上的《草籽》一樣，帶來難以抹滅、逐漸加深的晦暗。

配合時節，六年級的秋季校外教學原本總是訂為參拜伊勢神宮，但今年校方決定取消這行程，改去附近的金毘羅宮。儘管如此，還是有許多學生去不了。鄉下地方的人賺錢拚命，但花錢方面是很節儉的。校方改成不過夜、帶三餐便當旅行的行程，才總算得到家長的贊成。儘管如此，兩班共八十名學生之中還是只有六成能去。尤其是海岬之村的孩子們，校外教學日都快到了卻遲遲無法決定要不要去，還開始互揭彼此猶豫的原因，毫不保留。

「老師，擠吉會尿床，所以不能外出旅行。」益野說。

「可是我們不會過夜喔。早上搭船出門，晚上就搭船回來了。」

「不過要搭早上四點的船呀，會在船上睡覺吧。」

「會嗎？路程只有兩個小時喔，大家應該不會睡吧。倒是益野，妳為什麼不去呢？」

「要是感冒就糟糕了。」

「哎呀呀，真是爸媽的掌上明珠。」
「他們不要我去，但會幫我存旅費兩倍的錢起來。」
「是喔，錢再存就有了，請他們讓妳旅行嘛。」
「可是，如果在外面受傷就糟糕了。」
「哎呀，怎麼會呢？如果出門旅行就會感冒或受傷，那所有人都不能旅行了。」
「要是大家都不去就好了。」
「哇，講不下去了。」老師苦笑。
「老師，我搭我們家的撒網船去過三次金毘羅宮了，所以我也不去。」森岡正說。
「哎呀，是嗎？但和大家一起是第一次吧？去嘛。你們家有船，所以往後也會年年去吧，但老師話說在前頭，你將來一定會覺得和大家一起去的那一次最有趣。」
加部小鶴說自己不去，接著果然還是扯到了其他人的狀況：「老師，富士子家的欠債跟山一樣高，不能去什麼旅行了。她家雖然很大，但就快被債主大人搶走了。家裡已經沒有東西可以賣了。」
「這種事不可以說出來喔。」她輕拍小鶴的背，小鶴便吐出舌頭。

「這孩子真討厭！」

她邊說邊想著富士子家。剛到海岬赴任時，流言已經傳開了：那房子就算明天落入別人手中也不意外。他們家中的倉庫白牆只有北側是斑駁的，隱於旁人的視線外。富士子生在歷史悠久的家族，頗有名門大小姐的風範，是個很少哭、很少笑的少女。就算小鶴露骨地揭發她家的狀況，她也只是冷冷地回瞪對方，這是其他人學不來的膽識。她父親的口頭禪是「真金不怕火煉」，其他人便把這句話當成她的綽號，而她對此似乎相當滿意。

說到家庭狀況，小鶴屬於看得很輕的那種人。她愛說三道四，但別人拿她家做文章，她也不會在意。他們一家人都得工作，而她拿這件事來當自己的招牌，表裡如一。比方說，小鶴的綽號是「歪眼女」，因為她的眼瞼上有不嚴重但造成眼斜的瘡疤。一般人要是被戲稱「歪眼女」，大概會想哭吧，尤其是女孩子。但小鶴並不會，她談起這件事時心中毫無糾結，彷彿事不關己。

「歪眼、歪眼的，你們叫得還真是輕鬆呢。歪眼又不是自願變成歪眼的啊。」

這大概是她母親的說法吧。無法去旅行的原因，她也毫不遮掩地說了出來：「老師，我們家啊，先前才標會買了一艘大船，所以得省吃儉用才行呢。我決定自己賺錢後再去金毘羅宮參拜。」

接著她又毫不客氣地窺探別人的隱私，要她別說人家閒話，她還是若無其事地把其他人的狀況抖了出來：美佐子太貪心了所以不想去，琴江、早苗的弟妹很多，應該很難去旅行吧。

然而校外教學日的兩天前，想要參加的人突然增加了。除了益野之外，每個海岬村落的孩子都決定要去。

起因似乎是，連沉默的吉次都下山領出存款，報名參加了。吉次決定去的話，「擠吉」也只能出聲了。磯吉自己也有存錢，是叫賣豆腐、炸豆皮所得的工資。連擠吉都參加的話，正和竹一也不能脫隊了。正想起他拉網賺來的錢，竹一也說他要拿賣蛋存的錢出門。海岬之村的孩子生活節儉，從沒想過會為了旅行領錢出來。老師說不領錢也沒關係，但正還是非領不可，和竹一特地跑了一趟郵局。

男孩子都要去了，女孩子不會沒有反應。生活上最沒有掛念的美佐子邀請富士子一起參加，因為兩人的母親感情很好。有人瞞著富士子送了螺鈿的文具盒到美佐子家去，於是富士子就能和她一起去了。小鶴得知她們兩個都要去，再也沉不住氣，立刻開始大鬧：

「小美和富士子都要去旅行了。你們生錢讓我去！」

她真的這樣說，還邊跺腳邊哭。她細長的眼睛因此變得更細，還腫了起來。她母親瞇起同一個模子刻出來的眼睛，笑盈盈地提出難題。

「小美家很有錢，富士子畢竟出生在村長之家啊。我們學不了那些好人家。不過小琴如果要去的話，我們也讓小鶴去。妳和小琴談談吧。」

她大概心想，反正琴江是曾去。然而，小鶴一路跑到小琴家，回來後笑咪咪的，氣喘吁吁地說：「小琴說，她要去。」

「真的嗎？」

「真的，那裡有個老太太，她說好的。」

小鶴三、兩下就得到回覆，讓母親起疑，決定過去問問。她想，對方會不會是被雞婆的小鶴牽著鼻子走才答應的。

「我們家的小鶴是不是來說了什麼雞婆的話呢？」她試探著問。

琴江的母親晒得像漁夫一樣黑，微笑時露出的牙齒被襯得雪白：「一輩子只有一次而已，我想這種時候還是讓琴江去吧。她平常總是在照顧弟妹，很辛苦啊。」

「我們家的小鶴也一樣。妳要讓她穿什麼去呢？」

「我們打算心一橫，買件水手服給她。」

「得花一大筆錢呢，我買不下去。」

「哎，別那麼說，買給她吧，妹妹也能穿。」

「嗯……」

「早苗也決定買了喔。牙一咬，幫小鶴也買一件吧。」

「這樣啊，早苗也買了啊。這麼一來，小鶴不會隨隨便便就算了。哎唷喂呀，那就擠出錢來幫她買吧。」

這便是事情的來龍去脈。然而到了校外教學日當天，早苗說她似乎快要感冒了，不能去，儘管她的喉嚨不痛，也沒鼻塞。又痛、又被堵死的，是母親的錢包。她為了早苗賣掉珊瑚珠髮簪，卻賣不到料想的價錢，無法幫她買洋裝。早苗的母親一直很氣那個古手商（古物商），要他體諒一下別人的處境，一方面又溫柔地對早苗說：「穿和服去吧？」

早苗露出快哭了的表情。

母親又說：「妳穿姊姊那件漂亮的和服去吧，我幫妳在腰間打摺。」

「……」

「如果妳不想一個人穿和服去，那就別去了，我拿那錢買洋裝給妳。妳想要怎麼做？」

「……」

淚珠滾落早苗的臉頰，緊閉的嘴唇微微顫抖著。二選一，而她不知道哪一個才是好的判斷。不過一看到母親傷透腦筋、快要哭出來的表情，她突然就下定決心了。

「我不去校外教學了。」

參加校外教學的六十三人出發了，當中沒有人知道早苗經歷過這樣的掙扎。男、女老師各有兩個跟團，大石老師當然是其中一人。大家在清晨四點坐上船，不過完全沒人有睡意，一片喧鬧當中也有人唱著《金毘羅宮的船兒們》。

只有大石老師一個人陷入沉思，思緒完全離不開早苗。

她真的是感冒了嗎？

除了早苗外，另有十幾個孩子不能來旅行，各自有他們的理由。但早苗是唯一一個缺席的海岬村落孩子，她才特別在意。升上六年級後，益野完全住到母親這邊的家來了，因此不再算是海岬這邊的人。想到早苗今天一個人走海岬之路到學校去，她頓時覺得沒將今天訂為假日實在太過分了。而且在沒有老師的教室垂頭喪氣自習著的學生不只早苗一人，他們都好可憐。

校外教學團從多度津搭第一班火車前往金毘羅宮參拜。有的人汗流浹背地爬上長長的石階，還不忘唱《金毘羅宮的船兒們》。隊伍之中的大石老師打了個冷顫。搭電車前往屋島的路上，還有坐纜車的時候，她也會突然全身發抖，感覺到膝蓋四周被潑溼似的悚然，完全沒有多餘的心思享受四周的秋色，溫溫吞吞地進土產店買了好幾組同圖樣的明信片。她心想，至少要給留在學校的孩子一些紀念品才行。

離開屋島後，最後一個行程是前往高松。眾人在栗林公園吃第三個便當時，大石老師把幾乎沒動的飯菜分給了想吃的同學。接著，他們走上高松的街道，朝築港的方向移動。走在拉得長長的隊伍中，老師殷切希望盡快回家，好徹底放鬆筋骨。

這時田村老師提點她：「大石老師，妳臉色發青呢。」這使她發抖得更厲害了。

「不知怎麼地，好累啊。身體發冷。」

「哎呀，真傷腦筋呢。有帶藥嗎？」

「我剛剛吞了一粒清涼丹。」她說完自己笑了：「如果不是清涼的東西就好了。吃碗烏龍麵的話……」

「對啊，我陪妳去。」

話雖如此，他們的前前後後都是學生，因此決定把大家都送到棧橋的候船處後再說。向男老師們解釋原因後，他們各自悄悄脫隊，立刻拐進大馬路旁的小巷，避人耳目。這裡也有許多土產店和小吃店，低矮的房舍前垂掛著一個個大燈籠，每個都寫著烏龍麵、壽司、酒、魚等粗字。有間店以季節感強烈的紅葉人造花裝飾狹窄土間的天花板，男老師側眼望著它說：「大石老師，這裡有烏龍麵和感冒藥吧，要買嗎？」

她回答「好呀」的瞬間，有個氣勢十足的少女發出宏亮的嗓音，令她吃了一驚。

「天婦羅一份！」

老師內心動搖，差點「啊」地叫出聲來。眼前這家店罕見地掛著細繩簾，聲音是從那後方傳出來的。她忍不住往店內一看，發現有個少女梳著桃割髻[20]，以垂飾髮簪和紅葉假花妝點，雙手塞到圍兜下方，內心平靜地面朝大馬路站著。那是大石老師絕對不會漏看的

20 桃割髻：將頭髮往兩旁分開，盤成圓形，多為少女梳的髮型。

身影。少女似乎把停下腳步的兩位老師視為客人，用剛剛的嗓音招呼他們：「歡迎光臨。」

聽那呼喊的方式，你會知道她對自己的聲質已沒有任何的疑慮。日式髮型和露出脖子的和服穿法讓她顯得早熟，姿態跟過去很不同，但長長的睫毛不給老師懷疑的餘地。

「松江，妳是小松吧。」

梳桃割髻的少女聽到進門的客人突然向自己搭話，倒抽一口氣又退了一步。

「小松，妳不是去大阪了嗎？妳一直在這裡嗎？」

老師湊近看她，她才開始啜泣，彷彿剛剛都忘了要反應似的。老師想搭她的肩膀，於是將她帶出細繩簾外，結果老闆娘從店深處跑了出來，木屐聲顯示出她的慌張。

「您是哪位呢？一聲不吭就帶走她的話，我們會很困擾的。」

老闆娘覺得來者可疑，松江這時才首度開口，以細小的聲音打消她的疑慮。

「母親，這不是大石老師嗎？」

這下老師沒吃烏龍麵的閒工夫了。

七　展翅

校外教學結束後，大石老師的健康似乎出了問題。第三學期開始沒多久，她就請了將近二十天的假。某天早上，一封信來到了她的病榻邊。

敬啟者，大石老師的病好點了嗎？我每天在朝會上都很為您擔心。小鶴和富士子她們也說老師不在就打不起精神，男生們也那麼說。老師請早日康復，早日回到學校。海岬來的人都很擔心。小夜奈良[21]。

老師感受到海岬學生的真情，突然眼眶泛淚，但讀到最後的「小夜奈良」又不禁噗哧

21　音同さよなら，即「再見」。

一聲笑了出來。是早苗寄來的信。

「媽，妳看，她把再見寫成這樣呢。」她讓送早餐上桌的母親讀信。

「才六年級，字寫得很好呢。」

「對，最會寫的就是她。她似乎想讀師範科，但感覺有點安靜過頭了，那樣能當老師嗎？」大石老師為不太用話語表達意志的早苗擔心。

「不過久子啊，妳小六的時候話也很少，不怎麼討喜啊。這陣子怎麼好像很多話啊？」

「是嗎？我現在這麼會說話嗎？」

「老師要是不怎麼開口就傷腦筋了，不是嗎？」

「對啊，所以我才擔心山石早苗呀，不知道她站上講台有沒有辦法好好說話？」

「自己的事情都忘光了。久子以前也沒辦法在人前好好唱歌，不是嗎？但妳後來還是能獨當一面嘛。」

「嗯……也是。我現在很喜歡唱歌，搞不好是小時候的經驗反推了我一把吧。」

「當初也可能是獨生女的忸怩在作祟呢。寫明信片來的孩子也是獨生女嗎？」

「不是，她家有六個孩子，她排行在中間。她姊好像是紅十字會的護士喔。她在作文寫到自己想當老師。問她也不說，但在文章裡寫的事情可厲害了。說什麼，將來女孩子要是不外出工作，會像我媽一樣悽慘。她媽的生活似乎很難熬呢。」

「妳也一樣，不是嗎？」

「可是我從小就不停跟別人說啊，把『我要當老師、我要當老師』掛在嘴邊。可是山石早苗什麼也不說，平常感覺總是躲在人後，讓她寫文章倒是寫得很好。」

「人的性格有百百種啊，她都像這樣寄明信片給妳了，不怎麼算是躲在人後啦。」

「是啊，而且『小夜奈良』也很有趣。」

一張明信片勾起了大石老師的食欲，讓她不知不覺吃了不少早餐。之後她簡直像照鏡子照到入迷似地盯著明信片看，很快地，孩子們的臉孔接連浮現眼前。川本松江現在過得如何呢？

「天婦羅一份！」

梳桃割髻的女孩高聲呼喚。老師記住棧橋前寫著「島屋」的招牌，回家後試著寫了封信過去，但沒有回音。是因為她只讀到小四，不知道該如何寫信嗎？就連老師寫的信有沒有交到她手中都不確定……那天晚上，老闆娘從店裡出來時臉上表情充滿狐疑，但得知老師的來歷後還是換上親切的態度：「哎呀，真是不得了，您竟然上門了。來，老師，請坐。」

她領老師入內，在鋪上榻榻米的小巧長椅上放了坐墊，請客人坐下。不過講話的一直都是老闆娘，松江沉默地站在一旁。不知何時，五、六個男學生來了。大石老師看到他們的臉龐並排在細繩簾的另一頭，不得不站了起來。

「船快開了，下次再見囉。」

老師向松江道別，但她也沒有送客的意思，大概是老闆娘不允許吧。老師刻意頭也不回地快步走出店外，結果跟來的一個個學生紛紛提出各自的問題。

「老師，那女生是誰？」

「老師，那家烏龍麵店是妳親戚開的嗎？」

松江只到校本部上過一天課，跟來的學生當中又沒有半個出身海岬之村，因此沒人認得出她。還好沒隨隨便便邀她離店……老師感到開心，因為這樣對松江而言才是好的，但她如今回想起這名學生時還是會伴隨著一股煩悶。就連如此狹窄的地域範圍內，同年生、同地長、同學校、同歲數的孩子還是會有天差地遠的際遇。母親死後，松江便被拋到那無從預料的際遇中，她將來到底會如何呢？和她一起離巢的早苗等人，已在他們各自的環境中為展翅飛向未來預做準備。老師讓學生寫未來志向時，早苗寫的是「教師」，而非像一般小朋友那樣寫「老師」，由此便看得出她有多拚命，感覺得到這不是天真的憧憬。升上六年級後，每個人都變得像背上長了小翅膀的天使，使盡全力在振翅。

改變志向的人是益野。她曾在才藝發表會上獨唱《荒城之月》，折服了全校的人，後來一有空便練唱，技巧愈來愈精進。唱歌時，她的腦袋會以特別的方式運作，幫助她一個人看譜練唱。鄉下小孩鮮少有人能這麼做。她說她夢想進入音樂學校，因此要去就讀女學校。

除了益野之外，美佐子也想讀女學校。她的成績不怎麼好，學校要她課後留下來讀書準備考試，使她露出了陰鬱的神色。她的頭腦沒有理解數學原理的能力，也沒有死背的記憶力。她自己也很清楚這點，因此想去讀不用考試就能入學的裁縫學校。不過她母親並不了解她的能耐，每天都讓她悶悶不樂。想方設法讓她進入縣立高等女學校的母親還跑到學校來，彷彿這份熱切能夠改變女兒頭腦構造似的。不過美佐子還是不以為意。

「我光看到數字頭就痛了，誰要考什麼縣立高等女學校的考試啊。到了考試那天，我就要生病給大人看。」她認定自己會因數學落榜。

但說到數學，琴江跟美佐子正好相反。在家完全沒人給她引導，但她對數字的感覺就像益野對樂譜那樣。她每次數學考試都考滿分，其他學科成績也很好，僅次於早苗。她應該可以毫無困難地進入女學校，卻說讀完六年級就不讀了。她也許已經放棄了吧，談到這事毫不流露羨慕他人的神情。

老師曾問她：「妳讀完六年級就不讀了？無論如何都不會改變？」

她點了點頭。

「妳喜歡上學吧？」

她又點了頭。

「那進高等科讀個一年如何？」

她低著頭，不說話。

「老師去拜託妳家人吧？」

這時，琴江總算開口了，露出落寞的微笑：「可是，我跟家人約好了。」

「約定什麼？跟哪個家人？」

「跟媽媽。她說我如果只讀到六年級，就可以讓我去校外教學。」

「哎呀，真傷腦筋呢。就算老師去拜託，也不能打破約定嗎？」

琴江點頭，低聲說：「不能。」接著露出門牙，表情又哭又笑：「接下來就輪到敏江來校本部上課了，如果我也去念高等科，家裡會沒有人煮飯。再來換我負責煮飯了。」

「哎呀，這麼說，現在負責煮飯的是四年級的敏江？」

「對。」

「妳媽媽還是會去捕魚嗎？每天去？」

「對，差不多每天。」

琴江曾在作文中寫道：

媽媽把我生成女生真是太可惜了。我不是男生，所以爸爸一直覺得不甘心。我不是男生，不能跟著去捕魚，所以媽媽得代替我去。不管是冷冷的冬天，還是熱熱的夏天，媽媽都得代替我在海上工作。我長大後想要好好孝順媽媽。

大石老師想通了，是因為這件事。琴江似乎把自己身為女性的事實視為自己的責任，現在說這是別人灌輸她的想法也太遲了。她已接受讀完六年級後不再升學的安排，視之為自己的命運。

「可是琴江……」

老師本來想接著說「那是不對的」，但還是作罷了。她接著想到「真令人欽佩」，但也沒說出口，「真可憐」也被她吞了回去。

「真是遺憾呢。」

她的措辭適切得不痛不癢，但琴江似乎還是從中獲得安慰，開朗了起來，有點暴牙的大門牙露出更大範圍了。

「可是也是有好事喔。後年敏江畢業後，爸媽就會讓我去當裁縫，十八歲的時候去大阪工作，月薪全部拿來買自己的和服。我媽以前也是這樣子。」

「然後在那裡嫁人嗎？」

琴江呵呵笑了，笑中帶著一種羞澀。她彷彿視未來為雙手無法扭轉的命運，做好了屈從的準備，呈現逆來順受的女性姿態。到了二十歲，家裡也許會在某日發一封「母病危」

的假電報，將她從職場叫回來，要她接受實際無恙的母親安排，下嫁給工作勤奮的農民或漁夫。

她的母親走過同樣的路，生了六個孩子。母親的前五個孩子都是女兒，而她彷彿認為責任在己，成天看丈夫臉色行事，這習性傳給了琴江，使她也變得容易顧忌他人。漁夫之妻每天都跟著丈夫出海，臉的膚色晒得好深，女人味全無，暴露在海風中蓬亂的頭髮變成紅褐色。她似乎對此毫無怨言，打算讓女兒步上同樣的道路，女兒也接納她的想法，認為這是女人應走的路。多麼陳舊的觀念，猶如濁水不知川流的清冽。對老實討生活的貧窮漁夫家庭而言，這就是最圓滿的結局了嗎？大石老師兀自煩悶地思考著。話雖如此，就算讓琴江升學去念高等科，貧窮漁夫家的觀念也不會跟著煥然一新。想到這裡，她只能望著天空興嘆。

教師和學生只要維持這種程度的關係就好了嗎？疑問引出的答案，是讓學生讀《草籽》的稻川老師。被貶為賣國賊的他，偶爾會在獄中寫密如螞蟻的書信給學生，但聽說校方連毫無異樣、內容老套的信也不願念給學生聽。事情就是這樣嗎？教師和學生的關係，是只許透過國定教科書連結的虛情假意？就算學生想主動跨過隔閡，老師也得巧妙地任其撲空，否則前方會有意想不到的陷阱等著自己。因為眾人的耳目已在不知不覺間養成了窺探他人祕密的習慣。大石老師說她生病要休息時，小鶴毫不顧忌、厚顏無恥地說了一句：「老師的病是害喜嗎？」彷彿直接將手伸進衣領似的。

老師不禁面紅耳赤，旁邊還有人大聲鼓譟。她心想，明明都只是小鬼，但還是不慌不忙地回答了他們：「對啊，真不好意思。我吃不下飯才瘦成這樣，等我有精神一點再來學校。」

她從那時開始缺勤至今。這時她想起宣布自己要休養時，看起來最擔心的果然是早苗，於是拿起六年前的照片來看。她沖洗了十三張，但不知怎麼地沒能交給學生，仍裝在塑膠袋，夾在相簿內。一張張純真的臉孔中，最老成的果然是小鶴，她的身高從那時開始就鶴立雞群，現在看起來更是比同學長了兩歲。照片中大家都剪妹妹頭或旁分，只有她一個人像中國少女那樣留劉海，裝大人。益野不再和她一起走海岬之路後，只剩她自己一個人逞威風。她想要讀完高等科後去產婆學校，可能是因為這樣，雞婆的她才對「害喜」產生了興趣。

還有，富士子也是海岬的女學生，只有她還沒決定志向。傳言說，她家族的住屋這次真的馬上就要拱手讓人了，可能是因為這樣她才無法決定方向，大石老師想到這裡，覺得她好可憐，跟琴江一樣只能讓別人操縱自己的命運。瘦小的富士子面無血色到像是擦了粉，手總是縮在袖口內，似乎老是在發抖。能保住她面子的，彷彿只有內凹到單眼皮下方的冰冷視線，還有沉默寡言。

至於男孩子，全都非常有精神。

「我要去讀中學。」竹一抬頭挺胸地說。

「我要去高等科，畢業當兵前先當漁夫。進部隊後我要當下士，然後當到曹長左右，記住我這句話喔。」正不服輸地說。

「哎呀，下士……」

老師說到一半打住，表現得不太自然，但沒人察覺她的心情變化。她沒料到，當初為了月夜之蟹和暗夜之蟹兩派爭執特地帶螃蟹來學校的正，竟然會想當下士，但這背後其實有很深刻的緣由。他的長兄在朝鮮軍營度過了徵兵入伍的三年，沒能除役便因滿州事變出征，最近回來時已成了伍長。正受到很大的鼓舞。

「據說志願當下士的話，隨隨便便都能做到曹長。下士還能領月薪。」

正似乎找到了這麼一條出人頭地的道路。

這時，不服氣的竹一也激動地說：「我要當幹部候補生呢，才不會輸給漁家咧。我至少要當到少尉。」

吉次和擠吉都露出羨慕的表情。竹一和正出身於不怎麼需要擔心日常吃穿的家庭，和吉次、擠吉不同。不知道後者在家中是怎麼談論戰爭的？不過他們就算毫無意見，最後還是會被徵召入伍。好戰的氣氛無孔不入，甚至已傳到這個鄉下地方來，使少年做著英雄夢，儘管他們不知道該年春天（昭和八年）日本脫離國際聯盟、成為世界孤兒代表什麼意義，也不知道這件事跟隔壁鎮學校的老師入獄有什麼關係。知曉這些事實的自由已遭到剝奪，而且是在他們渾然未覺的情況下。

「為什麼那麼想成為軍人呢？」老師問正。

「我不是家業的繼承人呀。而且當下士比漁夫好多了。」正率直地回答。

「嗯……竹一呢？」

「我不是家業的繼承人，而且當軍人比開米店好呀。」

「是嗎？是這樣嗎？哎，你們好好想清楚呀。」

她一個不小心陷入困窘的情緒中，啞口無言，只能盯著兩個男孩子的臉看。
正似乎感覺到了什麼，問道：「老師不喜歡軍人嗎？」
「嗯，我比較喜歡漁夫和米店。」
「咦，為什麼？」
「要是丟掉性命就太可惜了。」
「妳是膽小鬼。」
「對，膽小鬼。」
她想起當時的對話，又煩躁了起來。他們的對話內容就只有這樣，但她還是遭到副校長警告了。
「大石老師，要是不小心點，大家會說妳是赤匪喔。」
「唉，赤匪到底是什麼樣的人呢？對此一無所知的我怎麼會是赤匪……」躺在床上想東想西的大石老師對客廳發出呼喚：「媽，媽，來一下。」
「好唷。」她站起身子但沒過來，在火盆旁低頭回答。
「我有事要跟妳聊，來啊。」

腳步聲傳來，接著紙門打開了。

老師看著母親戴著頂針的手指說：「我現在對老師這個工作討厭到了極點，要不要做到三月就好呢？」

「不做了？為什麼呢？」

「辭掉工作開零食店還比較像話吧，每天、每天在那邊忠君愛國……」

「喂！」

「為什麼媽要我去當什麼老師啊，真是的。」

「哎呀，怪到別人頭上，妳還不是自己讀完書才去當老師的？說不想重蹈我的覆轍。我才不想戴老花眼鏡在那邊縫別人的衣服呢。」

「那樣還比較好呢。我從他們一年級帶到六年級，盡了我自己最大的努力喔。結果呢？男孩子有一半以上都想當兵，討厭死了。」

「這是時勢造成的，不是嗎？等戰爭結束後，妳想開零食店倒是可以去開啦。」

「就是因為時勢，我才覺得更討厭。而且我也沒記取媽的教訓，嫁了一個水手，吃虧大了。這陣子不斷舉行防空演習，水手的太太真的會折壽呀。要是明明沒風沒雨，『轟』

一聲就讓我成了寡婦怎麼辦？我才不用呢。我要不要這樣告訴他，叫他趁現在辭掉水手的工作呢？兩個人看要當農夫或什麼都好。好不容易都生了孩子，我才不要小孩步上我的後塵呢。我辭職也沒關係吧？」

母親笑咪咪地聽著她的連珠砲，最後卻用訓誡小朋友的語氣說：「妳這種說法，好像千錯萬錯都是別人的錯呢。妳不是喜歡人家才嫁的嗎？我當年才想抱怨呢，要是悲劇又重演該怎麼辦？不過我心想，久子喜歡他，還能怎麼辦呢？我就放棄了。妳事到如今又在扯什麼？」

「喜歡跟要他當水手是兩回事啊。總之，我已經不想當老師了。」

「哎，隨便妳吧，反正妳現在在氣頭上。」

「我才沒有在氣頭上咧。」

老師展露了跟在學校時截然不同的一面，不過她任性的說話方式當中充滿了悲天憫人的心意。

很快地，她的身體狀況穩定下來，又回到學校了。不過新學期一開始，大石老師便成為了歡送對象。有些同事覺得可惜或羨慕，但沒怎麼慰留她，大概是因為她莫名顯眼，也引發了一些問題。但如果問他們「問題出在哪裡」，又沒有一個人說得清楚。大石老師自己也不清楚，硬要說的話，搞不好是學生跟她走得太近了。

這天早上，大石老師站到全校七百名學生面前，先是不發一語地看了大家一輪，視線漸漸模糊。當她發現高個子的仁太站在新一屆六年級生的最後面盯著自己時，眼淚不禁滑落臉頰，說不出預先準備好的離別致辭。她只向仁太鞠了個躬便下台了，彷彿以他為學生代表似的。下了台後，她才知道正、吉次、小鶴、早苗始終在高等科的隊伍中淚涔涔地望著自己。午休時間，她前往早苗他們教室所在的別棟，結果小鶴早一步發現她，跑了過來。

「老師，妳為什麼不教了？」

小鶴難得露出泫然欲泣的表情，而早苗站在她身後，淚光閃閃。益野當初率先把女學校、女學校掛在嘴邊叫嚷個沒完，結果還是選擇留在高等科，而且此時不見蹤影。小鶴又照例搬出誇大版的傳言：「老師，小益啊，因為爸媽反對她去女學校，她就不去了。他們說，料理店的女兒去學三味線還說得通，她去當什麼學校的歌手又有什麼用？小益氣炸了，不吃飯，一直哭。然後啊，老師，美佐子的學校不是女學校，是學園，一個叫綠學園的地方，學生只有三十幾個，跟裁縫舖沒兩樣，來念高等科還比較好呢，老師，對吧？」

老師被她逗得忍不住笑出來，笑完又訓誡她：「小鶴，妳不能那樣說話喔。是說，小益怎麼了？」

「她說心情不好，請假休息。」

「她心情不好，小鶴和早苗都要好好安慰她喔。那富士子呢？」

「啊，老師，妳聽了會嚇到翻過去喔，鬼火到處飄咧。」小鶴大聲說，死命抬起眉毛，想瞪大那張不太開的細長眼睛。

「他們去兵庫了。考試前的假日，我們家的船載著貨物和他們家的五個大人、小孩去的。他們帶了被子，還有鍋、釜那一類的行李，櫃子只帶了一個很老舊、掉漆的，剩下的都是些竹編盒。富士子家的人都沒幹過粗工，大家很擔心他們，說他們要是不變成乞丐就很好了。還說，富士子她們要是沒被賣到藝伎那裡去就很好了……」小鶴甚至抖出富士子家用賣剩的器具抵了一半的運費。

老師輕拍她的肩膀：「小鶴同學，妳啊，會不會有點太多嘴了？妳想當產婆吧？優秀的產婆不要太常說別人的閒話比較好喔，一定是這樣的。這是老師給妳的餞別之語。要當一個好產婆喔！」

小鶴聽了這番話也不得不縮起脖子：「好，我知道了。」弦月似的眼睛泛著笑意。

「早苗也要當個好老師喔，妳要多話一點才行。這也是老師給妳的餞別禮喔。」

老師拍拍早苗肩膀，早苗點了點頭，沉默地笑了。

「見到小琴的話，要替我向她問好唷，幫我說『請保重身體，當個好新娘』。這也是我給她的餞別禮。」

小鶴緊接著說：「老師也要當個好媽媽喔，這是我的餞別禮。」

「好，謝謝妳。」老師盡情地放聲大笑。

升上高等科後，學生才首度男女分班。正等人不在女生班的教室內，但老師也不想跑到男生班去，只向海岬出身的學生道別，於是決定回家。

「要幫我向漁家、擠吉、廚房他們問好喔，說『想來的時候都可以來找我玩』。」

「老師，我們呢？」小鶴立刻挑她毛病。

「當然可以來啊。我以前沒要你們來，你們自己也會來嘛。啊，對了對了。」

老師拿出照片，一張一張發，小鶴「呀啊」地尖叫大笑、跳上跳下，開心極了。

隔天，老師雖然感受到獲得解放的愉悅，但「重要事物遭到剝奪」的寂寥更為強烈，令她垂頭喪氣。沒想到午睡期間，竹一和磯吉結伴前來，嚇了老師一跳。才剛傳話而已，竟然這麼快就收到效果了。她沒綁起亂髮，直接出門迎接他們。

「哎呀，真是謝謝你們遠道而來呢。來，進來吧。」

兩人面面相覷，很快地，竹一開口了：「我們要搭下一班公車回去，再十分鐘或十五分鐘就來了，所以我們不能進老師家。」

「哎呀，是嗎？那搭再下一班車呢？」

「到海岬就天黑了。」磯吉說得很明白，似乎跟竹一在路上都討論好了。

「啊，這樣啊。那你們等我一下。老師送你們去坐車，我們邊走邊說。」

老師急急忙忙梳理頭髮，並問：「竹一同學，國中什麼時候開學呢？」

「後天。」

他的態度穩重，彷彿在宣告自己已經是個國中生了。他的手中拿著新帽子。磯吉身穿手織的條紋和服，右手也拿著老師沒什麼印象的狩獵帽，彬彬有禮地將帽子按在膝蓋附近。

「磯吉同學，今天學校休假嗎？」

「不，我已經不去上學了。」磯吉突然變得正經八百，「老師，這段時間真是蒙您照顧了，珍重再見。」他屈膝行禮。

「哎呀，還沒唷。我們要一起走呢。」老師強忍著淚水與笑意，和他們一起上路了。走到公車站要六分鐘，她走在兩人中間。磯吉頂著徹底包覆他頭部的大狩獵帽，仰起臉說：「老師，我明天晚上就要去大阪工作了，老闆會讓我去上夜校。」

「哎呀呀，我完全不知道呢。突然決定的嗎？」

「是。」

「要去哪工作呢？」

「當鋪。」

「哎呀，你以後要開當鋪啊？」

「不是的，是要當當鋪的保鑣。他們說我待過軍隊後，就可以去當他們的保鑣了。」

磯吉從剛剛開始就用非常拘謹的語氣說話，態度僵硬。

老師於是試圖化解他的緊繃：「要當個好保鑣喔，偶爾寫封信給老師吧。小鶴昨天幫我轉交照片給你們了吧？以後也要回想那時候的事情喔。」

竹一和磯吉都笑了。

「這是給你們的餞別禮，明信片和郵票。」郵票和明信片是別人送的。老師用新毛巾包起來遞給磯吉，另外給竹一兩本筆記本和一打鉛筆。

「要是休假回來，一定要來找我玩喔。老師想看著你們長大。你們畢竟是老師教的第一批，也是最後一批學生啊，我們要好好聯絡感情才行啊。」

「好的。」只有磯吉回答。

「竹一同學也是喔。」

「好的。」

公車出現在村子外圍的轉角時，磯吉再度脫帽：「老師，這段時間真是蒙您照顧了，珍重再見。」

他說得生硬極了，彷彿鸚鵡學舌，話一說完立刻戴上狩獵帽。那頂帽子似乎是大人的，使他顯得像漫畫中的小孩，不過還是很適合他。兩頂新學生帽並列在公車後窗，戴帽的兩人不斷揮手。老師目送他們遠去、消失，之後慢慢走到海邊。細長的海岬之村一如往常地橫亙在寧靜海灣的另一頭。人子於該地成長，準備離巢。

「這段時間真是蒙您照顧了，珍重再見……」

她朝海岬低語，話中彷彿有逗趣、哀傷、溫情同時湧現，而且還蘊含了深意。

八　層層疊疊

雖說是春天，早晨的空氣仍潛伏著鎌鼬[22]般銳利的寒意，人待在暗處會感受到一陣哆嗦從腳底往上竄。

K町的公車站一大早就有兩個出門辦完事的人，等待著回程公車。一個是看起來六十二、三歲的老爺爺，還有一個是三十歲左右的女人。

「唔，好冷呀！」老爺爺忍不住發出哀嚎似的呢喃。

「真的呢。」女人表示同意，儘管老爺爺根本不是向她搭話。寒冷似乎會使人心靠得更近，兩人都向對方展現親切的一面，沒有先後之分。

「真的，一直都很冷呢。」

22 鎌鼬：妖怪的一種，爪子利如鐮刀。

「對啊，明明都已經過彼岸日[23]了。」

主動出聲的年輕女子將四角形的包袱捧在胸前，而老爺爺單手勾著一個粗製濫造的學生背包，沒用其他東西包起來。她向背包投以親暱的眼神：「您孫子的嗎？」

「是的。」

「我也買了我兒子的。」她看了一眼胸前的包袱，「聽說今天開賣，我就搭最早的公車出門去買了，不過以前那種背包一個也沒賣。這種紙製的，用個一年就報廢了吧。」她哀傷嘆氣地談論彼此的持有物。

結果老爺爺搖搖頭，彷彿也肯定她的說法：「黑市倒是什麼都買得到。」說完哈哈笑了，沒有臼齒的嘴巴看起來像黑窟窿。

女人別開視線：「這關頭，想買什麼都得到黑市、黑市。連學校背包都得去黑市買的話就傷腦筋了呢。」

「只要有錢，去那裡似乎什麼都買得到。聽說某些地方還有堆積如山的紅豆甜湯、羊羹呢。」

無牙的嘴巴彷彿真的就要流出口水了，看來他應該是甜食愛好者。他用手掌抹了抹嘴巴，下巴抬向馬路對面，似乎是要掩飾害臊似地說：「太太，我們要不要去那裡等車啊，至少陽光是免費的。」

他說完便快步過馬路，走到另一頭的乘車處。女人聽到那聲「太太」不禁咧嘴一笑，接著也追了過去。「太太……嗎？」女人在心中試著叫喚。她抬頭看著高個子老爺爺，笑笑地詢問：「老爺爺，您要去哪裡呢？」

「我嗎？我要去岩鼻。」

「這樣啊，我要去獨立大松那裡。」

「啊，大松啊，那裡有我的水手朋友，雖然他早就死了，名字叫大石嘉吉，妳知道他嗎？」

女人聽了大吃一驚，差點跳起來，「哎呀，他是我父親呢。」

接著換老爺爺態度丕變了，「喔，這可稀奇了。這樣啊，沒想到會在這年頭遇到嘉吉的女兒呢。這麼說來，你們確實有相像的地方呢。」

23　彼岸日：日本民間對春分與秋分的稱呼。

「是嗎?父親在我三歲時就死了，所以我對他沒有半點印象。大叔，您是什麼時候跟我爸一起當水手的呢?」

她想到父親若活著，年紀也跟他差不多了，於是改口稱他大叔。

毋需贅言，此時登場的是八年後的大石老師。她以水手之妻的身分度過了八年，其間世局激烈動盪，狀況跟她惱怒辭去教職那時截然不同。日華事變[24]爆發，德義日三國締結同盟，政府發起「國民精神總動員」運動，令人覺得連說夢話時都不能扯到政治。人民接受的教導是：只關注戰爭，只相信戰爭，將身心都投入其中，大家也被迫服從。非得將不平、不滿往肚子裡吞，擠出一無所知的表情，才能處世。在這段期間，大石老師成了三個孩子的母親。長男大吉，次男並木，么女八津。她完全是一個世間常見的母親了，證據就在於別人稱她為「太太」。不過定睛一看，便會發現她眼眸深處藏著的氣質不屬於普通太太。

「大叔，方便的話要不要一起喝杯茶呢?」她指著公車站旁邊的茶店，想向大叔打探父親的事蹟。

然而這位老人家頑固地搖搖頭說：「不用了，公車馬上就來了，待在這就好。」老人家不知怎麼地，態度變得很客套。

「那嘉吉的新娘還健在嗎？」

「是的，託您的福。」想到年邁的母親被稱為「新娘」，她不禁展露笑容。回到家後就先告訴她這件事吧。就在這時，去程公車剛好鳴笛逼近了。他們急忙離開公車牌，彷彿想讓司機知道沒要搭車，不過公車還是停了。兩人站到茶店屋簷下，隨意望了望下車乘客的面孔。公車滿得像塞滿壽司的盒子，下車的人全是年輕男子。她只覺得：幾乎所有人都是要在這裡下車嗎？望著接連出現在車門邊的年輕面孔，她突然想起來了，今天在這個町的公會堂要舉辦徵兵體檢。啊，原來是這樣啊。她心想，任充滿年輕朝氣的臉龐一個接一個映入眼簾。

「啊，小石老師！」

那嗓門大到老師不禁跳了起來，而老師幾乎也在同一時間發出驚呼。彷彿受到引導似的，她的音量也很大：「哎呀，仁太同學！」

接著，又有一些面孔接二連三出現。她對著他們說：「哎呀，哎呀，哎呀，大家都在

---

24 日華事變：即從一九三七年至一九四五年的第二次中日戰爭。

啊，哇。」

繼仁太之後，磯吉、竹一、正、吉次都冒出來了，過去生活在海岬的少年齊聚此地。

「老師，好久不見了。」竹一率先打招呼。他說他在東京讀大學，再一年就畢業了，他的臉變得細長，似乎沾染了濃厚的都會氣息。接著是正，他在神戶的造船廠工作，鍛鍊出勞工氣魄十足的面貌，卻還是露出善良的笑容點頭示意，害羞地搔著耳後。

磯吉站到前面來，彷彿等候多時了：「老師，好久不見了。」

他的臉色蒼白到有點令人擔心，此刻露出幹練的淺笑。

吉次沒有出外工作，留在海岬之村砍砍樹、當當漁夫，如今還是乖巧得像外頭抱來的貓，低調地待在眾人後方，邊吸鼻涕邊點了點頭。只有仁太像往年一樣放肆，沒向老師問好。據說他現在在幫忙他爸製造肥皂，這些人當中，就屬他手頭最寬裕，身上還穿著新訂作的國民服。

「老師，前陣子我見到了富士子，富士子喔。」他得意洋洋地說了兩次。

不過老師刻意不上鉤，仰頭望了一圈身邊的幾位青年。八年歲月使小小少年成長茁壯到令人感佩的程度。

「是啊，今天有體檢，已經到這時候了呢。」老師淚眼婆娑，五個人的身影都模糊了。她驚覺不能繼續這樣下去，重新端出以前的教師派頭。

「好啦，你們去吧，有空再一起到老師家坐坐。」

於是他們離開了，男生就是這樣，豪不拖泥帶水。老師目送他們離開，腦海中浮現各種回憶，睽違多年自稱「老師」也帶給她新鮮感和喜悅。

她轉過頭去，發現老爺爺站在茶店旁的日照處躲飛塵、等公車。樹籬上有個日照充足的地方，即將綻放的棣棠花生長茂盛，細枝結了好幾層花蕾。老爺爺漫不經心地摘下樹枝，目送年輕人遠去，並小聲說：「真是要命，竟然特地送那些笑咪咪的年輕人去當槍靶呢。」

「您說得是。」

「這種話可不能大聲說，會這樣。」他捧著小學背包的雙手轉到身後，然後用更小的音量說：「就那個啊，根據治安維持法，會挨子彈的。」

他的語氣充滿年輕活力，彷彿無牙的口中又長出了臼齒。她並不是很了解治安維持法，但聯想到了給學生讀《草籽》的稻川老師。他就是採取了違反治安維持法的行動才鋃鐺入獄，雖然沒待多久就出來了，但他沒能復職，也沒人給他好臉色看。有風聲說，稻川老師的母親瘋了似地袒護自己的兒子，成天忙著亂晃，敲鑼打鼓說他兒子已痛改前非。這到底有多少真實的成分呢？唯一確定的是，稻川老師一邊養雞一邊過著與世隔絕的生活。他並沒有避世，是世人避開了他。他賣的雞蛋彷彿有毒似的，某陣子根本賣不出去，備受厭惡。這時代強逼人民效法三隻猴子：堵口，閉目，掩耳，就不會有事。然而，眼前這位老人家說的話，就像是要掰開遮眼、掩耳的猴子手。雖說大石老師是友人的女兒，但他為何會對初次見面的女人敞開心胸呢？

她戒心半起，若無其事地敞開話題：「話說大叔啊，我父親跟你是什麼時候認識的？」

老爺爺又恢復了笑嘻嘻、露出無臼齒之口的表情：「這個嘛，十八、十九歲的時候吧。我們兩人都有遠大的志向呢，想逮住機會潛入外國船，渡海到美利堅去。我們的盤算是，船開到西雅圖的時候就跳海游過去。」

「哎呀，不過以前好像有很多這種例子呢。」

「有呢。說是要在美利堅賺一票，但其實是討厭徵兵……至於這年頭如果逃兵的話會這樣。」他又將手背到身後笑了。

「最後沒達成目的，是嗎？」

「當然囉。不過當時只要上船就不用去當兵了，待著待著，我們兩個人都喜歡上水手生活了，想說既然要待在船上，就考個證照吧。別看我這樣，我準備得可認真了。我沒上過學，花了五年才總算拿到乙一駕駛執照。嘉吉一年就拿到了，快得很。我看了決定要發奮圖強，隔年也拿到了，可是……」

他的同事碰上船難，下落不明，他到最後都沒能傳達這個喜訊。老爺爺口中的父親身影有別於父親之妻，也就是她母親的轉述。她腦海中浮現父親年輕時候的形象，並不想哭，反而露出了微笑。也許是因為訴說者表達的親暱感吧，她得知父親是朝氣十足、性格討喜的青年。父親討厭徵兵，她還是第一次聽到。母親不提，是因為父親沒跟她說過嗎？還是她成了大叔譬喻的猴子了？大石老師暗自想著：回去後要詢問母親，順便說大叔稱她為「新娘」的事。不過老師和大叔兩人的對話也仍未完。

「大叔啊，你當水手當到什麼時候呢？」

「當到十年前左右啊，好不容易才成了一艘小船的船長。以前讓兒子去上學，想說他將來不用吃苦就能當水手，結果他說他不想當水手，去讀了商業學校，進了銀行分行工作，最後卻被拉走，死了。」

「拉走，你是說戰爭嗎？」

「是啊。」

「哎呀。」

「死於諾門罕戰役。這是他兒子的。」老爺爺用力搖晃學生背包，裡頭的厚紙沙沙作響。

我們都一樣呢，兒子是憂心的源頭。老師原本想這樣說，但又把話吞了回去。

公車站人滿為患，無法排隊。大石老師坐到後方朝前的座位，靜靜閉著眼睛，想起剛剛和她道別的學生的背影，野獸般全裸站在檢查官面前的年輕人。這陣子，軍墓中的削木墓標[25]不斷增加，國家卻不許年輕人在意，不許他們的在意程度高過對爺爺、奶奶墳墓的關心。不，這樣說不對。國家引起他們莫大的關心，予以褒獎，非得使「踏入墳墓」成為一件榮譽之事才行。竹一當初是為了什麼用功的？磯吉又是為了什麼成為商人？正從小就以成為下士為志願，他會把軍艦和墳墓放在一起思考嗎？在這時世，你不能隨便卸下心防、不能讓人查知和善表情背後的想法，只有仁太悠哉地高聲叫嚷著。但就算是仁太，心底未必沒藏著任何想法。

那麼小的海岬之村，今年也出了五個達徵兵適齡的男孩子，他們恐怕全都會受徵召入伍、送到某個天涯海角去。能有幾個人平安歸來呢？軍隊是什麼樣的地方？是會給你一個禮拜休假，叫你去多創造一個人力資源的地方……你若生為女子，也不能擔心兒子的未來跟削木墓標綁在一起。這是要男男女女都誦念著「南無阿彌陀佛」過日子嗎？男孩子絕對無法避開磨難之路，那女孩了又過得如何呢？當年那一班的七個女生當中，只有美佐子沒過苦日子。綠學園畢業後，她又進了東京的新娘學校，在學期間便有男子入贅他們家，兩人很快就生了孩子。在這充滿苦難的年代，她的情況算是特例。外頭是強風吹拂的冬日，而她獨自一人在日光室內晒著太陽。

說到這個，喜歡唱歌的益野則吃了許多苦，無頭蒼蠅似地轉啊轉。她實在太想唱歌，全神投入其中，還背著爸媽離家出走過好幾次。她曾擅自報名地方報紙的歌唱比賽，獲得一等獎，消息見報後就離家出走了，這是第一次。之後家人找到她就會帶她回來，但她之後又會跑掉，每次都是為了唱歌。想唱歌又擅長唱歌的女孩，為什麼不被允許唱歌呢？據說她第三次離家出走，是想去當藝伎。母親要去帶她回家時，她攀在母親身上泣訴：「你

25 削木墓標：標示墳墓預定地的木頭。

們不是說，三味線的話你們就懂嗎？」

不知不覺間，她換了個管道抒發音樂方面的熱情，心思轉移到三味線了。先不提她雙親認為這轉變是好是壞，他們就是不願讓女兒去當藝伎，儘管開料理店的他們跟藝伎走得很近。益野如今和離家出走時認識的男人結婚，看來總算比較安定了。據說她已接替年邁的母親經營家中料理店。偶爾在路上相會，她會衝過來老師身邊，露出懷念的表情。

「老師，我一直好想見妳喔。」

她開心到眼眶泛淚，舉止像個小孩，但妝扮樸素又使她看起來不像二十多歲的女性。

琴江又如何呢？她連高等科都沒去讀，外出工作，以結婚為將來的目的。結果還沒找到對象就生病歸來了。她得的是肺病，瘦到剩下皮包骨，一個人睡在倉庫。但那也是好一陣子之前的消息了。

另一個沒繼續讀高等科的女孩子是富士子，她有不好的傳言在坊間流傳著。仁太說他見到了富士子，肯定是成為遊女後的富士子。她從仁太的表情領略到這點，才刻意不繼續問他話。不過她很久以前就從小鶴那裡聽到謠傳了。富士子被爸媽賣掉了；就像家具或衣服那樣賣掉，以維繫一家人的性命。成長過程中，她是一個不知「工作」為何物的嬌嬌女，假使被賣掉後才首度理解到人生是怎麼一回事，也應該要為她感到開心才是，就算她是被賣到卑賤的賣春女那裡也無所謂。然而，外人都輕視富士子，把她當成一個大笑話來看。

如今彷彿已從眾人記憶中消失的松江也好，剛剛說的富士子也好，為什麼就是會遭到取笑呢？唯有在大石老師心中，她們會像過去那樣接受她的關懷、溫暖。

「小松同學過得好嗎？富士子同學過得好嗎？真的好嗎……？」

老師偶爾會在心中如此呼喚。

富士子她們走的路實在不會被視為正道，不過小鶴和早苗的人生看起來就很健康了。讀師範科的早苗以優秀的成績畢業，獲得留在母校教書的榮譽，目光變得更加有神。小鶴也以優等的成績自大阪的產婆學校畢業，由於有大石老師居中，她跟早苗的感情相當好。小鶴不斷累積實作經驗，以返鄉工作為目標。不知是故意還是不小心的，她們寄給老師的信偶爾會把收件人寫成「大石小石」，不過老師的母親預言得準確，人的成長過程真的很有趣，當初愛說話的小鶴變得比較克制了，沉默的早苗則成了幹練的女性。

兩人每年至少會相約拜訪老師家兩次，大多是挑夏季的休假或過年，每次帶來的伴手禮都一樣。這裡的一樣不是指兩人會帶相同的東西：大阪來的小鶴總是帶粟米香，高松來的早苗固定帶瓦仙貝。小鶴隨著年歲增長愈來愈胖，眼睛如今已細得像一條線了。真要說來，她的性格還是算衝，不過眼神柔和了她給人的印象。當她發出「欸嘿」的笑聲，聽到的人也會想跟著笑出聲來。她的口頭禪除了「欸嘿」，還有放下伴手禮時的「棒手禮」。

小鶴有次說：「不過我也會覺得每次都用伴手禮當哏，招數實在太少了。小時候的我只要看到這招就開心得快跳起來了。」

早苗也從包袱中取出瓦仙貝說道：「老狗學不了新把戲呢。」

大吉稱呼她是棒手禮姊姊，非常歡迎她的到來，每次遇到她都必定會笑一整天才道別。不過隨著戰爭愈拖愈久，這些伴手禮似乎也變得非常難以入手，有陣子小鶴改拿似乎是販賣商品的紗布給老師，早苗則為還沒開始上學的大吉帶鉛筆和筆記本來。大吉好不容易到了上學的年紀，老師出門為他買學校背包，卻在回程意外遇到自己的學生。也許是因為這樣大受刺激吧，各種回憶盈滿在她的胸口。

「獨立大松到了，要下車的旅客請……」

聽到車掌的聲音，她想都不想便起身，匆忙地跑往車子前方，和剛剛那位老人家打過招呼後跨下階梯，結果大吉的嗓音突然傳來。

「媽。」

毫不混濁的尖細聲音將老師的雜念全都推向遠方了。

「媽，我等著接妳等好久了呢。」他平常的聲音自帶笑意，澄澈得很秀氣，今天卻有點哀傷。

「這樣啊。」

老師對著他笑，他立刻開始撒嬌道：「媽一直不回來，我快哭出來了。」

「快哭出來的時候聽到叭叭聲，抬頭一看就看到媽了。我對妳揮手，可是妳沒看我這邊。」

「這樣啊，抱歉，媽媽想事情想出神了，差點忘了大松，讓公車繼續載我往前跑了。」

「嗯，想什麼事情？」

她沒回答，將包袱遞給他，彷彿說：這就是她此行目的。

「哇，這是學校背包嗎？好小呢。」

「不小啊，你背背看。」

尺寸剛好，甚至還有點大。大吉自己跑了起來。

「外婆，背包！」他一邊飛奔，還一邊朝前方的自己家呼喊，似乎是要化解腳步不順的煩躁感。

他擺動肩膀往前奔跑的背影，散發出拚命往明日成長茁壯的氣息。但一想到前方等待著那可愛身影的不外乎是戰爭，你便會懷疑：人到底為什麼要生下孩子？為什麼要愛他們、養育他們呢？為什麼不能為人命感到惋惜、悲憫，不能加以保全，而非得要讓他們受砲彈擊打、粉身碎骨而亡呢？所謂維持治安不是珍惜人命，而是要連人類的精神自由都加以束縛嗎……

在她眼中，大吉跑遠的背影彷彿與竹一、仁太、正、吉次，還有當時一同下車走向公會堂的大批年輕人重疊在一起，令她心情沉重。孩子今年剛升小學，身為母親的她便如此難受，那其他數以十萬、百萬計的日本人母親呢？她們的心就像被當成廢物般扔進某處垃圾場，以火柴點火燒成了灰。

騎馬的士兵
扛著槍走

喀噠拉　喀噠拉地走
最喜歡士兵了

家中傳來了歌聲，唱歌的人用力過頭導致走音。她跨過門檻，發現背學校背包的大吉打頭陣在家中繞來繞去，並木和八津跟隨其後。母親似乎只是開心地看著孫子，沒什麼其他想法。大石老師不悅地發出酸言酸語：「哎呀，哎呀，大家都很喜歡軍隊呢，真是的。奶奶是不是搞不清楚狀況啊，因為沒生兒子？但我看不是那樣吧……」

接著她用斥責的語氣呼喚：「大吉！」大吉杵在原地，露出口乾舌燥的表情，眼睛瞪得大大的。把雞毛撢子和羽子板[26]當成槍的並木和八津並沒有停止歌唱，還是到處跑來跑去。為了消除大吉的疑慮似地，她突然伸手撫摸他的背部。學校背包的觸感有如機器人，不過大吉的狂喜使它動了起來。身為長男，這個滿六歲的男孩鮮少接受母親滿懷愛意的撫摸，因此沉醉在勝利感之中。他笑嘻嘻的，似乎有什麼話想說，這時並木和八津注意到了。

26　羽子板：長方形帶柄的板子，類似現在的羽毛球拍。

「哇！」兩人撲了過來，大石老師同樣發出「哇」一聲回應，將孩子全擁入懷中：「憑什麼、讓這麼、可愛的、孩子們、去受死、哇、哇。」

老師配合曲調搖晃孩子們，他們的三張嘴也配合她唱：「哇、哇。」但他們的年紀實在太小了，不知道她的歌聲中潛藏著什麼樣的情感。

春季徵兵適齡者會由政府當局依照體檢報告書內容，當場決定其兵種，彷彿是品評會上的青菜、蘿蔔，年末一到便在眾人歡呼聲中入伍，這是自古以來的慣例。不過海外戰線拉長，帶來壓力，入伍者連原本僅有的時間餘裕都沒了，一下部隊就會派到戰場上。碼頭棧橋上搭建的拱門一直掛著「歡送營門」的木牌，不曾拆過，上頭的杉葉綠變成了焦茶色。歡送、歡迎隊列的嘈雜一整年都不會中斷，無聲的「凱旋士兵」則以四角、蒼白的姿態趁隙隨海風穿過拱門歸來。

昭和十六年，日本到處都興建了這樣的綠色拱門，數也數不清的大量年輕人穿過拱門離開，而且毫不間斷。由於戰線拉長到太平洋，送年輕人上戰場的歡呼聲變得更加激烈。當局在十二月八日以天皇之名發出宣戰布告，但仁太、吉次、磯吉等人早就不在村內了。他們出發那天，大石老師給了他們些許餞別禮，還把當年拍的照片重製成大明信片，附在禮物中。除了竹一之外，每個人都哭了，是喜極而泣。

「要保重身體喔。」老師接著又壓低音量說：「不要光榮戰死，要活著回來喔。」

聽到這句話的人彷彿都變得跟拍照那時一樣乖順，磯吉還默默眼眶泛淚了。竹一靜靜別過頭去，俯著臉，吉次沉默地點頭，正露出沉鬱的笑容，點了點頭。只有仁太開口說話：「老師，不要緊的，我們會打勝仗回來。」

說到「回來」時，仁太似乎有所顧忌，壓低音量，但以一般標準來說那並不算是悄悄話。可見，他們已經不可以思考「回不回得來」的問題了。不過仁太真的相信自己能回來嗎？他個性老實到了極點，對他說場面話、表達言外之意都不管用。說到愛惜性命的程度，他應該不落人後才是。也許沒有人能像他這麼老實地表達出這點。往昔某日，他從負責徵兵檢查的軍官那裡接到「中種合格！」的宣言，當下就忍不住大喊：「糟了！」

所有人都笑出聲來，消息在當日之內就傳開了。奇怪的是，仁太連巴掌都沒被賞。他不加思索旋即吐出的話語實在太過脫離常識，軍官才沒聽出不正當性嗎？如果是這樣，有話直說的仁太真是太好運了，他彷彿是代替大家宣洩了心中的不滿。這起事件也傳到了大石老師耳中，是這陣子大家津津樂道的珍聞。

如此率真的仁太，真的相信自己能打勝仗歸國嗎？

總之，他出征後便音信全無，隔一年也快過一半了。中途島海戰將沿海村落的居民逼入無法言喻的不安與斷念之中，有些母親甚至悄悄進行了「百次參拜」，祈禱孩子平安。仁太和正被分派進了海軍。若在平時想起仁太必定會勾起微笑，不過他進了海軍後連一封信也沒捎來。

他現在到底在什麼地方，用那討喜的大嗓門說話呢？

當老師獨自納悶這點時，緊接著一定會想起她在K町公車站看到的那些年輕人，想起一笑便會露出口中黑洞的老年人，還有春寒料峭的路邊，棣棠花接受無償的光照，花蕾鼓脹。然後，是蒙受到更大、更黑陰影的大吉父親，他的船不知何時成了軍用船，此時行駛在哪片海上也無人知曉。不只是大石老師，還有其他軍國之妻、之母也不允許談論內心的不安。不只自己不幸，所以大家的生活都毀了也無所謂？不只自己不幸，那麼被迫捨棄發言權的大量民眾如果一起發聲會怎樣？啊，這是辦得到的嗎？光是一個人說出口，手都會被扣到背後，就像那個沒臼齒的老人家說的那樣。

春寒料峭的路邊，棣棠花接受無償的光照，花蕾鼓脹。它們起碼會開花吧……

九　愛哭鬼老師

陸海空皆已免於戰火的終戰隔年四月四日，一大早便有一艘小木舟駛離獨立大松村，載著身穿藍底絣織紋工作褲、年邁又瘦小的女子前往海岬之村。寧靜海面上霧靄濃厚，海岬之村如夢土般漂浮著，不過很快就被逐漸高升的太陽喚醒了，細長的身影逐漸變得清晰。

「啊，總算放晴了。」

船夫看起來才十二、三歲，他運動全身推進櫓，同時眺望著尚在遠方的海岬之村。女人也盯著海岬之村，以充滿溫情的嗓音向目光炯炯有神的男子搭話：「大吉，你是第一次去海岬嗎？」她的嗓音非常稚嫩，跟外表有很大的落差。

「嗯，我沒去海岬辦過事啊。」他頭也不回地回答。

「是啊，老媽我年輕時也一直沒去呢，海岬就是那樣的地方吧。我上次去已經是十八年前了！喔，已經是二昔之前的事了。老媽我也已經上了年紀呢。」

原來，那是大石老師久違的身影與嗓音，今天她將睽違十三年重執教鞭，而且要再次到海岬之村赴任。老師以前總是騎腳踏車瀟灑地通勤，如今她已失去那樣的年輕活力了嗎？原因不僅止於此。戰爭連腳踏車都從國民的生活中奪走了，戰敗半年後的今日還是一樣，想買腳踏車也買不到。確定要重返海岬任教時，這事實令她相當困惑。戰爭打到一半時公車還會跑，後來就沒了，如今也還沒恢復運行。以前至少會靠腳踏車走那八公里的通勤路，如今只能靠雙腳了。她心想，憑這身子終究不可能持續通勤，提議母子三人搬到海岬去，結果大吉提出了一句反對之語。他說他要駛船接送她。既然要借船，也得好好酬謝船主才行。

「雨天怎麼辦？」

「我會穿爸的雨衣。」

「颱風的日子會很傷腦筋吧？」

「……」

「啊，別擔心，颱風的日子我就走路去。」她連忙幫語塞的大吉接話。船到橋頭自然直，生活在無法考慮明日的漫長歲月中至少會明白一件事：人不會因為一點颱風下雨就倒下。戰爭雖然使這個六人家庭成了三人家庭，但剩下的三人更應該好好活下去。大吉升上六年級了。並木是四年級生，他今天來到海邊首度目送母親出勤。老師想到他也差不多該去學校了，便回望獨立大松。好久不曾從海面上看那棵樹了，望上去跟過往的模樣沒有差別。儘管看起來沒什麼變化，敗戰的結果還是為這裡帶來了極大的變化。

「大吉，不累嗎？手搞不好會起水泡呢。」

「長水泡的話，它馬上就變硬了，我不要緊。」

「謝謝你。不過明天起，我們還是再早一點出門吧。」

「為什麼？」

「再怎麼說，老師的兒子每天遲到實在太不像話了。不過老媽我接下來還是會想辦法弄到腳踏車就是了。」

「不要緊，有正當的理由就不會被罵。我要划船載妳。」他緩緩送出櫓，加以前後擺動，露出得意的笑容。

「你真會搖櫓呢，果然是海邊的小孩。什麼時候學會的呀？」

「我自己學會的，每個六年級生都會。」

「這樣啊，老媽我也學一下好了。」

「不用，我送妳過去就是了。」

「對了對了，有個孩子叫森岡正，才一年級就說他划船載過他媽。那是以前的事了……他已經戰死了。」

「嗯……妳的學生嗎？」

「對。」

她的眼淚突然流了出來。如果他還活著的話，現在已經成為優秀的年輕人了吧。她想起五年前在棧橋上道別後就不曾再見面的正，想起永遠無法再見面的學生。他們仆倒於激烈的戰事中，如今還有多少人能再度踏上故鄉，再次見到老師呢？想到這裡，她的內心就烏雲密布。

如惡夢般的這五年，大石老師也像一般人那樣面臨著巨大的打擊和痛苦，受境遇所逼，最後不得不接受年紀尚小的兒子好意，前來這偏僻村落赴任。她首度痛切地感受到，擁有工作是多麼值得感恩的事。她在學生早苗的推薦下提出了申請書，但生活已窘迫到谷底的她，連可以穿去上班的衣服都沒有。不如意的生活使人老化，她才四十歲，看起來卻像四十七、八，說她五十歲也不會有人懷疑。

人捨棄身為人的一切特質，藉此存活下去，然後死亡。因訝異瞪大的眼睛難以闔上，閉上眼睛後還得隱藏眼角流個不停的淚水，每天的生活都像是被某股力量追得到處逃竄。而且人還在不知不覺中習慣了如此生活，忘了要停下腳步，忘了要回望過去，連內心深處都變成粗礪的荒地。內心若不荒蕪，等於連「活著」這件事都抗拒了。你會覺得，這份慌亂彷彿將從剛終戰的現下延續到明日，太多事情令你覺得戰爭尚未結束。

該年的八月十五日，當局只以語言來傳達核彈爆炸的殘虐，大家還不知道真正的慘狀。國小五年級生大吉被召集到學校聽廣播，之後意志消沉、垂頭喪氣地回家，彷彿敗戰的責任扛在他小小的肩膀上。

過了半年後的現下，眼前他搖著櫓的可憐身影勾起了老師的深深感慨。小孩子就是能夠順應時代。她知道現在要是提起半年前的事，大吉一定會覺得很丟臉，因此她沒說出口，一個人回想就算了。那一天，她笑盈盈地拍拍他的肩膀，彷彿想牽引他內心想法似地說：「沮喪什麼呢？接下來，小孩子就可以有小孩子樣子，可以好好讀書了嘛。來，吃飯囉。」

然而，平常會在餐桌前吵鬧的大吉，今天連飯菜都不看一眼。

「媽，戰爭打輸了，妳剛剛沒有聽廣播嗎？」他的嗓音哀愁得悲壯。

「聽了啊，不過總之戰爭是結束了，這不是好事嗎？」

「輸了也是好事？」

「嗯，輸了也是好事，之後不會有戰死的人了。活著的人會回來。」

「沒採取一億玉碎行動[27]。」

「對，沒有，太好了。」

「媽，戰爭打輸了妳也不哭嗎？」

「嗯。」

「媽媽很開心嗎？」他詰問似地說。

「別說蠢話了！大吉是怎麼了？我們家的爸爸不是戰死了嗎？大吉，他不會再回來了呀。」

大吉聽到她激動的聲音，嚇了一大跳，彷彿現在才發現母親在場，乖乖盯著她看。不過他的內心並沒有就此恍然大悟，還是想詰問在這重要關頭還打算吃飯的母親。大吉不知和平年代為何物，聽說自己出生那晚也是防空演習，一片漆黑。他成長階段過著燈火管制的生活，習慣警報聲，盛夏也戴著塞棉花的頭巾通勤，無法理解母親為何如此憎恨戰爭。在他心目中，每個家庭都有成員出征、一個村子裡沒有所謂的年輕人，都是理所當然之事。所有學生都接受動員，女學生也得去做勞動服務，各種神社的境內都掃得沒有半片枯葉。大吉相信，這就是所謂的國民生活。他只討厭上山撿橡子，還有吃苦麵包的時候。大吉居住的小小村落內，出了好幾個少年航空兵。

成為航空兵就可以吃紅豆甜湯吃到飽了。

可憐的是，紅豆甜湯吃到飽擄獲了年紀尚輕的少年之心，有貧窮人家的小男孩甚至立志成為航空兵。而且少年只需要抱持那樣的想法就算是英雄了。不管貧窮與否，對從軍不傾心的人就是「非國民」。在如此運作的時世，瞞著父母志願成為學生兵便是一種壯志，如果你是獨子，你這英雄的價值還會更高。町內中學的眾多少年志願兵當中，有三個獨子

27　一億玉碎行動：二戰末期，日本軍方為了使全國國民抱著必死精神與美軍作戰而呼籲的口號。

是瞞著父母加入的，這也成了學校的榮譽，父母聞之心寒。就在這時，年紀還小的大吉彷彿為自己的幼小發出哀嘆：「哎，我好想快點變成中學生呢。」他還唱：

第七個　鈕釦　是櫻花和船錨……

孩子們被灌輸一個想法：人的性命像花，而花的凋零就像是年輕人的終極目的，是無上的光榮。日本國內各處的教育方針都定調為此，要男孩子趨近、相信上述想法。就連校園角落讀著書的二宮金次郎[28]都被歡呼聲送出了校外。幾百年來於朝夕報時、通報緊急狀況的寺廟之鐘也從鐘樓卸下，上了戰場。大吉他們動不動就變得悲壯、不愛惜性命，或許也是一種逼不得已。不過大吉的母親從來沒對那種態度表示贊成。

「欸，大吉啊，媽還是希望你當一個普普通通的人，一戶人家有一個人光榮戰死就夠多了，不是嗎？人死了就完了，得不償失呀。媽拚了命拉拔你長大，你就這麼想戰死嗎？你要媽每天以淚洗面嗎？」

這番話像是敷上熱燙臉頰的溼手巾，但臉頰的熱度實在升得太高了，手巾沒有半點效果。大吉反而回過頭來開導母親似地說：「如果是這樣的話，媽，妳不就會成為靖國之母[29]了嗎？」

他相信這才是忠君、孝親，這麼一來就無法溝通了。

「啊啊，你還想讓我成為靖國之母嗎？我當靖國之『妻』不就夠了嗎？」

然而，大吉甚至暗自以母親為恥。軍國少年有面子要顧，他極力避免向世人談及母親。不過大吉還是對母親的言行舉止感到在意，說不上原因。很久之前發生過一件事：病假歸來的父親再度接到乘船命令時，大吉率先表現出振奮之情，跟並木一起叫嚷。

結果母親眉頭深鎖，壓低聲音說：「這孩子是怎樣？笨蛋嗎？連別人的心情都不懂。」還用指尖使勁按了他的額頭一下。被按到腳步踉蹌、差點跌倒的大吉撲向母親，擒抱住她，但一看到她泫然欲泣的模樣，他還是喪失了鬥志。

父親笑著安慰大吉：「沒關係啊，大吉，嗯？才八、九歲的你們也哭哭啼啼的話，老

28 二宮金次郎（一七八七—一八五六）：江戶時代後期的農政家與思想家，日本人心目中幼年刻苦勤學的代表。

29 靖國神社的前身「東京招魂社」是明治天皇為祭祀戊辰戰爭的戰死者而設立，此後便用於祭祀戰死的士兵。

爸就沒救了吧。鬧吧，鬧吧。」

父親雖然這麼說，但大吉他們也無心喧鬧了。他一口氣將三個孩子擁入懷中說：「你們都要保重自己，好好長大喔，大吉、並木、八津。長大後，要好好照顧奶奶和媽媽喔，不過在那之前戰爭就會結束了吧。」

「咦？戰爭要結束了嗎？為什麼？」

「連我這樣的病人都要拖上戰場，可見……」

不過，大吉他們聽不出言外之意，只知道家中有父親上戰場，讓他們很有面子。每個家庭都已經毀壞到這地步了：一家團圓會讓小孩子感到沒臉見人。

塞班島失守的不久前，父親戰死的公文下來了。在這關頭，大吉還是哭了，他的手肘縮到胸前，以手腕拭淚。母親抓住他的肩膀，將他擁入懷中：「要振作啊，大吉，真的要振作啊，大吉。」

她要鼓舞的人彷彿是自己。接著她又輕聲訴說父親當時有多麼想待在家裡：「他知道自己出家門後就回不來了，你們幾個還在那邊吵吵鬧鬧，不是嗎？媽覺得他好可憐，好難受……」

不過大吉在那時也搞不懂母親的心情，她為什麼要說那些話呢？他希望她說「父親是開開心心、精神抖擻地出去應戰的」。父親戰死雖然是悲傷的事，但沒有父親的小孩不只自己一個，他反而認為那是稀鬆平常的狀況。隔壁村某戶人家的四個兒子都戰死了，四個名譽標記在家門一字排開。大吉他們是用多麼尊敬的目光在仰望那扇門啊，那心情甚至可說是羨慕了。

很快地，浮刻著「戰死」兩字的細長小門牌也送到大吉家裡了。母親將公文袋裡的門牌和兩根釘子倒到掌心，凝視了一會兒，然後將兩樣東西裝回袋子，收進火盆下的抽屜。

「把這玩意兒釘在門上是能變什麼法術？蠢到家了。」她火冒三丈，喃喃自語，開始喀沙喀沙地搗米，搗好的米是要煮成粥給病倒的奶奶吃的，不會進大吉他們的嘴裡。奶奶在防空演習時跌倒，從此臥病在床，看起來沒有好轉的跡象，成天在睡覺。醫生說，也許不是跌倒造成病狀，而是她生了病才跌倒的。這位隔壁村來的醫生已八十幾歲了，鬢髮斑白，不太會去幫無好轉跡象的病人看診。老師沒有其他醫生可以指望，想說起碼盡可能弄好吃的東西給母親吃，但實在很難弄到那些食物。就算去海邊也買不到魚。有魚嗎？有蛋嗎？低頭請求個三、五次，也只能弄到一隻平鮋、一顆蛋。大吉的母親就為了張羅這些，一個人出門到處轉。

某一天，收在火盆下抽屜內的光榮門牌，神不知鬼不覺地移到了家門的門楣上。是大吉趁母親外出時釘上去的。小小的「光榮門牌」在屬於它的位置閃閃發亮，而「門牌」之妻在原地佇立了一會兒，盯著它看。一個男人的性命，被換成了小小的「榮譽」。那榮譽妝點了家家戶戶的門面，恬不知恥地增加著。最樂見其成的就是小孩子了吧？

就這樣，他們終於迎來了八月十五日。騷動有如濁流，推進到任何鄉下地區的角落，大吉他們總算要恢復理智了，但誰又能笑他們呢？使孩子們淪為笑柄的原因根本不出在他們身上。

進行著最後零星戰鬥的人很多，不過倖存的士兵也歸來了，彷彿每天都有人上岸。家家戶戶掛著的門牌代表活著但無法歸來的士兵、永遠不會再回來的父兄夫子，曾經是榮譽的象徵，如今都消失無蹤，再度下落不明，彷彿這樣就能免去戰爭責任似的。

大吉的家也處理掉了門牌。沒想到他隨後在這個家中遭逢了妹妹的猝死，那是奶奶過世後一年的事。也就是說，他們在短短一年內失去了三名家人：父親像海上泡沫一樣消失，不見蹤影地死去；奶奶病到最後像枯木般倒下，結束一生；年幼的八津前一天還好端端的，一夜之間就像美夢般凋零了。最讓大家傷心的是八津之死，死因是急性腸黏膜炎。她背著家人吃了青柿。再放一個月就能拿去賣了，味道並不澀，所以她便拿來吃。有其他小孩和八津一起吃，但只有她丟了性命。

戰爭已經結束了，但八津仍算是戰爭殺死的孩子……

母親說這話的當下，大吉一時之間理解不了她的意思，但後來漸漸想通了。這幾年，村裡的柿子樹、栗子樹結的果實從來沒熟過，大家都等不到那時候。

孩子們總是到原野上吃白茅花、土川七、啃酸模草，生吃沾著土的番薯。大家肚子裡似乎都有蛔蟲，臉色很難看。就算生病了，村子裡也沒有醫生，沒有有效的藥物。醫生和藥物都被送上戰場了。奶奶去世那陣子，連村內善法寺的和尚都出征了，沒人在。隔壁村的和尚則忙著幫戰死者舉辦葬禮。終戰前不久，善法寺先生回到了村內，立刻來幫奶奶誦經，但他實在想不到接下來還得幫八津送終吧。

奶奶死前菩提寺[30]已無和尚，她為此感到非常不甘心，不過年幼的八津根本沒想過自

---

30 注：原文即與前文不同的寺名。

己會需要和尚吧。大吉想到這裡就恨，連高聲誦經的和尚都成了他怨恨的對象。據母親所言，八津出生時，父親的身體已經漸漸變差了，原本想下船養生。長年往返於世界七海的父親將自家喻為第八個港口，把剛出生的女兒命名為八津，嚷著說他已經想要回家休息了。然而，患病的父親無法在「家」這個避風港休養，他託付希望的對象八津也死了……

由於物資不足，店家說喪家得自己帶材料去，他們才能打造箱子來收納八津的遺體，大石家於是決定拿以前半壞的櫃子給他們製作。連花都被逐出一般人的生活了。大吉和並木一起前往墓地，摘蛇目菊、紫茉莉來祭拜八津。家中庭院原本也種了很多花，但自大吉他們有記憶以來，那裡一直是蘿蔔、南瓜田，南瓜一路種到狹窄的屋簷下，還任瓜藤爬上屋頂。八津去世後，母親邊哭邊扯屋簷下的瓜藤，動作粗暴，結果尾端的三、四顆南瓜隨著長長的藤蔓落下了，她將比較圓的放在盆子，供奉在佛壇。然而，有傳言說八津死於傳染性下痢症，沒人願意來守夜。她的母親坐在枕邊，等到既定的停電時間結束後，像想起什麼似地拿起充作枕刀的德國菜刀，突然劈了南瓜的側面一下，嚇了大吉他們一跳。德國菜刀是父親買來的，母親平日總說它是很可怕的東西。要不是母親在笑，大吉他們可能已經發出慘叫了。但母親笑著，哭腫的臉笑著，看上去像是變了個人，但她的眼神瞬間讓大吉他們安心了下來，彷彿在說：沒什麼，沒什麼。

「我做個好東西給八津吧。這件事你們大概不知道，而八津沒有機會知道了。大吉，你們以為瓜藤末端的南瓜也是食物吧？以前媽媽還小的時候，末端的南瓜是小孩子的玩具喔。看，這是窗戶……」

她在南瓜的側邊切出一個四角形。

「這邊做一個圓窗好了，有點難呢。大吉，拿鹽盤來，我要當作模子。還有盆子，我要把內臟挖出來。」

大吉和並木都瞪大眼睛看著。母親完成的是燈籠，她在窗戶上貼紙、底部釘釘子做成蠟燭座。點亮配給的蠟燭後，看起來實在很像八津會喜歡的燈籠。

大吉忘了悲傷，並說：「媽，妳的做工一百分！」

小棺材完工後，他們將燈籠放到八津的臉旁，也把她從前玩的貝殼和紙偶放到身旁。大吉和並木心中突然湧現哀傷，哭出聲來。嚎啕大哭的大吉想起八津一直想要智慧環，他卻不願借給她，如今為自己的不親切感到自責，也想好好地把玩具送給她。他打算讓她交疊胸前的雙手接下智慧環，但那雙冰冷的手已無法回應，玩具掉到了棺底。並木也哭著把之前不願讓八津看到的珍藏色紙拿過來，折成紙鶴、隨從、氣球後放入棺中。八津就帶著這些東西離開了人世。

大石老師遭逢了這些事，所以才突然蒼老了許多。白頭髮也變多了。嬌小身軀因細瘦的體型顯得更加嬌小，彎下腰後看起來就跟老太婆沒兩樣了。大吉年紀雖小，但也看得膽戰心驚，擔心輪到母親的身體要出什麼毛病了。隨著年歲增長，他愈來愈能體會生命的尊貴。

要好好照顧你媽喔……父親的話猶言在耳。

「媽，我來砍柴。」他會這樣說，然後和並木一起上山。

「媽，我放學後順路去拿配給品。」去遙遠的配給所也變成了他的工作。

並木不落人後，「媽，提個水而已，都交給我吧。」

淚腺變得發達的母親說：「哎，你們兩個人突然都變得很孝順呢。」

虛弱至此、備受呵護的她之所以能重執教鞭，都是因為早苗在暗中奔走相助。後者現在在海岬本村的母校工作。

「四十歲了呀。就算原本是現任教師，也年紀大到差不多該請她退休了，不是嗎？」校長歪著頭深思，但早苗再三請託，他才說「到海岬上班的話可行」，事情就這麼敲定了。而且擁有教師資格的她不是受雇為教師，而是助教，校長一個人就能決定其去留。如果有替代者來，她這個臨時教師隨時可能丟掉飯碗。早苗為老師感到可憐，無精打采地報告這件事，大石老師的眼睛卻放出異樣的光采。

「去海岬正如我所願啊，我欠那裡人情。」她完全不在意條件有多差，露出發自內心的笑容。此時，大石老師原本忘卻的回憶在心中重新浮現了，宛如剛綻放的花朵般新鮮。

老師　要再來喔……

腳好了以後要再來啊……

約好了喔……

她不知道，自己如今就像當年接替她上任的後藤老師那樣，成了別人憐憫的對象。不對，大石老師不可能不知道，但她這個育有二子的寡婦也只能像後藤老師那樣開開心心地去海岬上班了。當她見到逐漸逼近的海岬群山呈現出夜霧淘洗過的翠綠時，覺得自己彷彿也找回了青春年華。過去她早人一步穿起洋裝、騎腳踏車，如今則隨興地將斑白的頭髮綁成馬尾，穿起丈夫的藍底絣織紋和服改成的工作褲，讓幼小的兒子駛船載送。硬要說的話，她也許只剩突然發亮的眼神和稚嫩的嗓音還保留著當年的影子了。她以前穿洋裝、騎腳踏車被人嫌跩，但那兩樣東西也因她流行了起來，如今村子裡幾乎沒有不騎腳踏車的女人了。不過將近二十年的歲月過去了，已經沒有人記得年輕時候的她。

陸地飛快、滑順地逼近，下一刻，船已經來到岸邊了。大吉以不熟悉的動作撐著長篙，而村裡的小孩就像過去那樣一個接一個地聚集到大吉以及他們感到陌生的大石老師身邊，不過沒有一張臉是她認得的。海岬的小孩原本就很節儉，經年累月的衣料不足令他們的模樣更顯悲慘，有個男孩子甚至穿著破得像海帶的內褲，皮膚從縫隙中露了出來。她向他們微笑，他們則回以畏懼的眼神，讓出一條路，表情依舊毫無悸動，卻十分關注來者。他們還是跟以前的小孩一樣目不轉睛地盯著自己，像在看什麼稀奇的東西。在好奇的目光下，大石老師順勢跳下船，對四周景象感到懷念，彷彿一顆小石頭都留有以前的影子。她似乎有點暈船了，頭昏昏的。緩步前進的途中，後方傳來低語。

「那大概是老師吧。」
「去行個禮吧，就會知道是不是了。」
老師露出淺笑，三、四個小朋友慌忙地來到她面前，擋住去路，鞠了個躬。大概是新學期將近，新生開始鞠躬行禮，還沒上學的小孩子也有樣學樣吧。大石老師回了個禮，淚眼婆娑。回到此地後，感覺像是最先受到小朋友的歡迎，她開心極了，於是按住眼角，向他們展現了笑容。她再次看了他們一遍，心中還是沒有立刻浮現相像的臉孔。路上行人也一樣陌生，明明走的跟過去是同一條村內道路，上頭的行人竟然有這麼大的變化。雖說如此，她沒發現所有人之中改變最大的，正是她自己。不斷有三五成群的學生追過大石老師，跑向前方，他們都偷瞄了她幾眼後遠去。她故意不看他們的身影，不希望他們看見她眼中即將滾落的燦亮淚珠。
她向獨自返家的大吉招手道別後穿過校門。當她看見陳舊的校舍有八成玻璃窗都破掉的瞬間，絕望的心情如大潮般湧上，不過她還是進入了一如往昔的教室，像從前那樣拉桌椅到窗邊坐下，望向窗外。望著望著，背整個挺直了。新的活水開始注入充滿舊物的學校了。小朋友背著像是用舊腰帶帶芯製成的新白布背包；銘仙包袱布正中間似乎有一條縫線，裡頭只裝著沒封面、狀似成疊報紙的教科書，不過孩子們的表情還是充滿希望，一如從前的海岬之子，讓她陷入錯覺之中，覺得十八年前的事就像是昨天發生的，而今日是那昨天延續而來的。學校並沒有大張旗鼓地舉辦始業式，老師直接進入教室，頓時感覺到血氣衝上臉龐，不過還是純熟地進行了點名。她的嗓音充滿青春活力，先是交代大家：「被點到名的同學要大聲答有喔。」然後才開始點名。

「川崎覺同學。」

「有。」

「加部芳男同學。」

「有。」

「很有精神呢，看來大家都懂得要清楚應答。加部芳男同學是加部小鶴的弟弟嗎？」

剛剛才稱讚大家很會答話，現在加部芳男便不發一語地搖了搖頭，彷彿沒被老師叫到名字就不會說「有」似的。不過老師還是維持著笑容。

「岡田文吉同學。」

她察覺到這孩子顯然是磯吉的哥哥生的小孩，不過她聽說這位哥哥對失明後遭到除役的磯吉很苛刻，於是不向這孩了問話，跳到下一個。

「山本克彥同學。」

「有。」

「森岡五郎同學。」

「有。」

正的臉龐大大地浮現眼前，然後又消失了。

「片桐真琴。」

「有。」

「你是琴江家的孩子。」

真琴愣住了，因為她完全不記得自己年紀還小時便過世的姊姊。老師於是不再問她往事。西口美佐子的女兒叫勝子，剩下的三個女孩子當中，有個叫川本千里的穿著紅色洋裝，似乎是新衣裳。老師忍不住在休息時間若無其事地問：「千里爸爸是工匠吧？」

千里瞪大眼睛，眼珠子就跟松江一樣黑：「不是，我爺爺才是工匠。」

「哎呀，這樣啊。」

然而，她學籍簿的父親職業欄上寫著「工匠」。

「松江是妳的誰？姊姊？」

「不是，是媽媽，她在大阪，她寄了洋裝給我。」

她心一驚，接著鬆了一口氣：還好班上沒有仁太和益野。但又為此感到落寞。仁太要是在的話，此刻可能已經有十個新生的家庭狀況被他揭露出來了，大家也會知道每個人的稱號或綽號吧。一想起仁太、竹一、正，還有磯吉、松江、富士子，今天穿過新校門的十個孩子在她眼中，都換上了曾經聚集獨立大松下的十二個孩子的面孔，這兩批孩子都一心一意地對她寄予信賴。老師不禁望向窗外，看到大松一如往昔地矗立著，旁邊搞不好有兩個男孩子盯著海岬不放，但大松可能連這點都不會察覺。

大石老師悄悄走向運動場的角落，因為她不得不暗地整理妝容。她還不知道自己很快就被取了綽號。海岬之村果然有仁太型的人物，再說，又有誰會漏看老師的一舉一動呢？

她的綽號是愛哭鬼老師。

十　在某個晴天

雖說已屆四月，午後的海灘仍充滿冬日殘留的寒冷。打直雙腿坐在沙上的大石老師不禁站了起來，拍了拍工作褲的膝蓋處。後方有人呼喚她。

「老師，妳在那裡做什麼？」是西口美佐子。

「哎呀，美佐子。」

美佐子似乎正要外出，身穿華麗的花朵圖案鋪棉銘仙和服，還慎重地繫了腰帶。拘謹地問好後，她突然換上親暱的態度：「我想去見老師，現在正要去學校呢。」

話說完，她又彎腰鞠躬了。

「老師，緣分真是不可思議，接下來勝子又要蒙您照顧了，還請多多指教。」她母親二十年前也像這樣，說話慢條斯理，態度莊重。不過美佐子乾脆地流露真心，懷念地說：

「聽說老師又要來海岬教書，我開心到眼淚都流出來了。母女兩代都讓老師教到，這種事真的很稀少呢。不過您看起來很硬朗，真是太好了。」

「託您的福。不過，大家真是吃了各種苦頭呢。」

美佐子沒回答，環顧四周後說：「老師當初就是在這附近受傷的吧？」她露出懷念的眼神。

「應該，是吧。虧妳想得起那時候的事呢。」

「當然忘不了啊，我偶爾回想起來還會找早苗聊呢，說我們班似乎是海岬設立學校以來出最多怪人的一個班。您想想，我們那時候還走到老師家去呢。」她邊說邊望向遠方的獨立大松，這時大吉的船正逐漸逼近，她錯愕地望著它。船已經來到眼前了。大石老師笑著朝它點了一下頭，說：「美佐子，那是我兒子，接下來每天都會像這樣來接我。」

美佐子聽了大驚，驚愕都反映在嗓音中了：「哎呀，這樣啊。所以老師才在海邊啊。」

大吉已經連續三天接送老師了，美佐子還不知道啊。他們家的人從前就不太和人往來，看來美佐子也繼承了這個家風。時代之風不忘翻越美佐子家的高聳土牆，擄走了她的丈夫，使他成為尚未歸來的其中一名士兵。不過眼前的美佐子仍像個不受委屈的女孩，爽朗地笑著，面相就跟從前一樣善良。村民脫不掉粗製濫造的工作褲，只有她一個人像是大家族的少奶奶。昨日持續至今的這段困苦日子，美佐子是如何走過的呢？有傳言說終戰時，西口家倉庫仍有堆積到天花板那麼高的軍用物資，但沒人知道傳言是真是假。也有風聲說美佐子家侵占了物資，中飽私囊，不過美佐子的臉看起來並未帶有邪惡的陰影。

她現在和大石老師並肩而立。大吉的船每晃一下，她就會真切地顯露出憂心。

「風這麼大，小孩子會有點勉強呢，老師。啊，危險！」

大吉小小的身體彷彿就要和櫓一起被海浪吞沒了。小船和大吉的小小的身體都充滿了奮鬥之情，旁觀者也自然地繃緊了身體。今天待在山丘上甚至會覺得冷，但大吉此刻必定是滿身大汗。

「老師，您已經不騎腳踏車了嗎？」

美佐子搭話，但大石老師無暇聆聽，看著彷彿就要被浪吞噬的大吉，非常想將他連同船、櫓一起拉上岸。

美佐子接著又說：「颳風下雨的日子沒辦法駛船吧？騎腳踏車反而還比較快。」

「是啊，可是美佐子，這年頭想買腳踏車也買不到吧。就算買得到，我的手頭也很緊啊。」

她目不轉睛地盯著船，同時想起自己以前靠月薪買過。賣她車的腳踏車店女兒富子後來結婚搬到東京生活，不過戰爭時連明信片都難以弄到手，雙方就此斷了聯繫。他們到東京的本所後還是在開腳踏車店，如今不知身在何方，在做什麼？她一度心想，會不會一家人全部葬身於三月九日的空襲了？這時戰爭也即將結束了。發生在自己身上的各種轉變令人慌亂，奪走了她的注意力，使她無暇顧及他人。

K町的富子爸媽住的地方現在也還是腳踏車店，但不知什麼緣故，店主在戰爭期間換了人，如今是一個隨時都繃著一張寒酸臉的男子在把弄骯髒的舊腳踏車。原本要繼承他事業的兒子也戰死了。到底哪裡會有新腳踏車呢？儘管如此，美佐子還是用易如反掌的語氣說：「老師如果要去買腳踏車的話，可以找我商量。」

老師沒空問她話中的意思。大吉的船突然加速逼近了，大概是因為進入了陸地倒影內，風止歇了吧。大吉只顧著對母親笑嘻嘻的，不看船的行進方向也滿不在乎。他撐著長篙，一如往常地讓船頭靠向沙灘，等母親坐上船。然而，平常不會聽到的幾句話搶先一步拋向他的側臉：「來，小弟弟，你下船吧，我會抓住你。」

大吉嚇了一跳，轉頭一看，這次輪到大石老師對他笑了。

「大吉，喘口氣如何？」

大吉不說話，光是搖頭。

老師又接著說：「媽跟這位小姐還有話要聊，等我們一下吧。」

大吉似乎有點生氣，默不作聲地跳到海灘上，將纜繩綁到大石頭上。

老師等他綁好後說：「大吉也過來吧。」她原本考慮當著大吉的面和美佐子談腳踏車的事情，但美佐子似乎已忘了那回事，大吉則乖順地抱著膝蓋，望著海面。坐在他們兩人之間，老師實在難以開口提起腳踏車。而且她也漸漸覺得：美佐子能有什麼方法呢？不管那是什麼，都只會使兩人的內心變得汙穢，別無其他可能。她心情沉重地陷入沉默，美佐子則一派輕鬆地說話，彷彿要化解她的憂慮：「我前陣子和早苗聊到，想幫老師辦一個歡迎會，只找我們這一班的人來參加。」

「哎呀，聽妳這麼說真開心。不過我當年真的幫到大家什麼嗎？值得大家來歡迎我嗎？過來之前，我以為自己就像從前那樣活力十足，來了之後卻好想哭、好想哭。回想起來的都是催淚的事情呢……」

老師說著說著眼眶泛淚，連忙擦去淚珠，讓自己的聲音傳遞出堅定：「哎，不過聽妳這麼說真開心。妳說班上的人是幾個人呢？」

「兩男三女，不過女生方面，我們想再叫小鶴和小松過來。」

「小松是川本家的小松？」

「是的，她長時間下落不明，但沒想到在戰爭期間回來了。她只待一下然後又去了別的地方，不過益野知道她的去向。老師，小松變得好漂亮，妳會以為認錯人了呢。」

美佐子說完臉上閃過不對勁的表情，但大石老師刻意裝作沒注意到。她想起了前天教室內的對話。

「千里爸爸是工匠吧？」

「不是，我爺爺才是工匠。」

「松江是妳的誰？姊姊？」

「不是，是媽媽，她在大阪，她寄了洋裝給我。」

和老師對話的是川本千里，她的黑眼珠和松江像是一個模子印出來的。老師並不想向美佐子問起這件事，提不起勁。但另外有件事，她無法不問。

「話說富士子還好嗎？沒人知道嗎？」

美佐子的表情變得更僵了，比談起松江時還要僵。

「老師，這個人徹底消失了。據說有個暴發戶說在戰爭期間幫她贖身，她出人頭地了。不過那人待的畢竟是軍需公司，現在不知怎麼了……」

大石老師低下頭去，彷彿刻意不去看美佐子臉上不自覺浮現的優越感，也避免想到走上人生岔路的松江和富士子，像要說給自己聽似地輕聲低語：「要是活著的話還會再見吧，但要是死了……」

美佐子也陰沉地壓低了聲音：「說得對呀，死了就沒戲唱了……您知道小琴已經死了嗎？」

老師安靜點點頭。

美佐子接著又說：「擠吉的狀況呢？」

老師再度點頭，淚水又奪眶而出了。

從早苗那裡得知磯吉失明遭到除役的當下，她和早苗一起痛哭失聲，那份悲傷依舊沉澱在她心中。據說早苗去探望磯吉時，他戴著眼罩的臉垂得老低，都快碰到膝蓋了，還頹喪地說自己還不如死一死算了。當年他以當鋪保鑣為志向，如今卻回到了貧窮的老家，想到自己的立場便想自我了斷。老師很能體會他的心情，為他哭泣，不過現在狀況變了。磯吉後來成為鎮上按摩店的弟子，雖然慢人一步，但也展開了自己的人生道路，老師得知後鬆了一口氣。憑藉著唯一的生存之道，磯吉會如何在黑暗的世界裡撐下去呢？這時美佐子又說話了，彷彿要暴露自己的內心有多貧乏似地說：「活著回來卻失明，可傷腦筋了。還不如死了比較好。」

美佐子似乎從來沒想過是誰弄盲磯吉的。聽到她這番話，大石老師似乎覺得自己不能再苟且了，她說：「美佐子，妳怎麼可以那樣說呢？他好不容易要振作起來了呀，而且他還是妳的同學啊。」

美佐子的態度變得像個挨罵的學生，慌慌張張地說：「可是，可是擠吉一見到人就說他還是死了比較好呀。」面紅耳赤的美佐子似乎注意到自己的想法有多膚淺了。

「妳不覺得他可憐嗎？他想死是因為沒有其他活路了啊。不覺得他可憐嗎？」

「覺得呀，他好可憐呢，再怎麼說也是我的同學呀。不過我們班的人大多很不幸呢。老師，五個男生裡面有三個戰死了，怎麼會有這種事？」

大吉用手肘頂了頂大石老師，老師突然回過神來，轉身一看。有六、七個小孩在三人正後方圍成一個散亂的半圓形，像在看什麼新鮮事似地眺望著。他們一注意到老師回頭便鳥獸散地跑走了，但邊跑還邊叫。

愛哭鬼　老師

愛哭鬼　老師

看到學生們逃往正後方山丘的公墓，老師便說：「美佐子，我們去掃個墓吧。」

「嗯，我去提水。」美佐子迅速起身，小跑步回到路旁家中，很快地就拿出水桶來，大石老師見狀用下巴點了一下墓地的方向：「就在那邊而已，只要十幾分鐘就好了，等我喔。媽是要幫學生掃墓，你要跟來也可以。」

兩人留下似乎不太服氣的大吉，邁開步伐。

「哎，美佐子現在亭亭玉立呢，以前是個子最小的吧？」

「不，是小琴最矮，我第二……老師，這是小琴的墓。」

從路邊再走兩、三步，就到了琴江的墳墓。風吹雨淋下，木板屋頂變黑了，下方的小牌位果然也變得黑黑髒髒的，如躺下來睡覺般傾倒著。旁邊放著淺淺的茶碗，不知是不是琴江生前使用的？裡頭茶色的水已半乾。美佐子將水倒到將近滿出來，大石老師則拿起牌位，抱在胸前。只有它證明琴江曾經存在過。俗名琴江，得年二十二歲。啊，也有人的性命在此地，以這樣的形式了結。沒醫生，沒藥吃，連血親小綠都放棄了她，她就一個人待在倉庫角落，某天就死了。如果我是男孩子，就能幫上家裡的忙了，爸爸因此覺得不甘心。因為我不是男孩子，媽媽才吃苦……

六年級生琴江的臉孔浮現在老師面前，她把話說成這樣，彷彿自己沒生為男兒的責任都在自己和媽媽身上。如果她如願生為男兒，此刻也許也已進了軍墓。是誰毫不客氣地剝奪了這條年輕的生命？想到這裡，她又哭了。

「走開，沒什麼稀奇的，不要纏著我們。」

美佐子出聲斥責，老師才發現孩子們望著兩人。

「他們大概會覺得，這個老師真的是很愛哭呢。」老師笑著說，美佐子也跟著笑了，並催促地指了指水瓢。

「老師，來，水。」

不知美佐子是何時供上去的，摘來的西南衛矛葉子在茶碗中堆成一座小山。軍墓在山丘的頂端，老舊的石碑依日清、日俄、中日戰爭的順序排列，接在後方的幾乎仍是削木墓標，沒換成石碑，就那樣變成了朽木，有的甚至倒在地上。在那之中，仁太、竹一、正的墓標排成一列，仍是新的。這裡也呈現了世局的混亂：他們無辜、年輕的生命遭到剝奪，世人卻甚至忘了要在他們墓前供花。墳前花瓶的茶花枯到快不剩了，承接著午後的陽光。清楚畫分的墓地內，新設的軍墓只插著墓標。這訴說的事實是，百姓的生活如今已喪失了餘力，連製作石碑、提供最起碼的慰藉都辦不到。

大石老師的內心對這件事也很有共鳴。她一面想著差不多簡陋的丈夫之墓，一面從到處萌發的春草中摘取蒲公英和紫花地丁，供到墳前。兩人沉默地離開墳場。老師明明已經沒在哭了，後方接二連三跟來的孩子還是對她呼喊：「愛哭鬼老師」。

結果大石老師以迅雷不及掩耳的速度轉身回答：「有！」

不只美佐子嚇了一跳，孩子們也發出歡呼式的笑聲。老師以他們的笑聲為背景，自己也笑笑地對不知情的美佐子解釋：「實在是很怪的綽號呀，這次好像被叫成愛哭鬼老師了。」

某個嫩葉清香瀰漫的五月初旬之晨，大石老師穿過校門，遇見了一年級的西口勝子，對方似乎等著要見她。

「老師，妳有信。」勝子遞出一封信，似乎很志得意滿。

……難得的禮拜天，老師應該有很多要事待辦，但還請您務必過來一趟。原本想先與您商量時程，結果眼看麥子的顏色漸漸變深了。割麥時期一到，八成會更難約人，所以我們自己急忙敲定了這件事。若是這天，大多數人應該都能出席，還請您務必大駕光臨……

是先前美佐子提到的歡迎會邀請函。上頭也寫著美佐子和益野的名字，不過老師打從一開始就知道字是早苗寫的了。她讀完後對勝子說：「妳要這樣跟媽媽說喔，『老師說好』。知道了嗎？說『好』就行了。」

不過她自己坐到桌子前方後，低聲說了一句：這下傷腦筋了。因為她昨天晚上剛好跟大吉他們約定，要在後天禮拜天，也就是歡迎會預訂的那天幫八津做稍稍提前的週年忌，還說要做豆皮壽司。並木整個人發出「哇！」的歡呼，大吉很有兄長風範，開始深思熟慮。

「媽，媽，豆皮壽司也帶到八津的墓去吧，我明天放學去K町的黑市買豆皮。媽，媽，要買幾片豆皮啊？媽，媽，我要帶黃豆去黑市賣嗎？要帶幾合去？媽，媽，我們今天開始用瓶子搗米吧。」

習慣使然，大吉每到這種時候就會連叫兩次「媽」。他非常開心。如果說要延期的話，不知道他會多麼失望啊。雖說是一週年忌，在這時世也不會招待客人、請和尚來念經。真要說來，她只是想利用計畫慰勞成天看家、接送她上下班的兩個兒子，會連結到八津是因為看到了跟她同年的一年級生，也因為她跟美佐子去幫仁太、竹一掃了墓吧。

當天回家後，老師在兩個孩子面前把話說開：「欸，你們可能會覺得很困擾，不過後天禮拜天，媽得去辦一件事，所以我們延後一個禮拜舉辦八津的一週年忌吧。」

「不要。」

「不要啦。」

兩人直接表示反對。

「這樣啊，傷腦筋了。媽媽以前的學生說要幫我辦歡迎會喔，歡迎會就是開開心心接待我的宴會。我當然不能拒絕吧。」

「不要，說好了嘛。」最常看家的並木不肯退讓。但大吉果真不說話了，臉上清楚顯露失望之情。

「是啊，媽已經跟你們約好了，現在很傷腦筋啊。並木，大吉，我們一起來想辦法吧。媽別去歡迎會，待在家裡比較好嗎？」

接著她讀了信給兩人聽，他們都默不作聲，面面相覷，不過並木很快地又開始叨念了：「明明就說好了嘛，我們先說的嘛。現在是民主時代嘛。」

大石老師聽到民主時代不禁笑了出來，同時想到了一個主意。

「那這樣如何？八津的一週年忌延期，然後我們後天到本村郊遊吧。媽的歡迎會在水月樓舉辦喔，就那個啊，一個叫香川益野的學生開的料理店。歡迎會結束前，你們可以在本村的八幡大人或觀音大人那邊玩。便當帶到防波堤那邊吃喔。對了，帶著釣竿去防波堤那邊釣魚會很好玩喔。如何？」

「哇，太棒了，太棒了！」並木又率先發出歡呼，大吉也笑著點頭，看來是贊成這安排。

禮拜天一早便是陰天。獨立大松到水月樓之間有一里路，天陰但沒下雨的話，走起來反而舒服。歡迎會一點開始，所以老師十二點便出家門了。以前只要搭十五分鐘的公車就能到，如今母子三人只能一步一步前進。

這畫面很稀奇，所以遇到他們的人會問：「你們全家出門，要去哪裡呀？」每次都是並木回答，他會用有點開玩笑的方式說：「要去遊郊。」他故意把郊遊說反，但沒人聽得出來，也沒人回問他在說什麼。另外兩人看了覺得有趣到不行。每當熟人從對面走來時，大石老師和大吉便會用只有三個人聽得到的音量說：你們全家出門，要去哪裡呀？結果他們每次都會猜中。

「你們全家出門，要去哪裡呵？」

「要去遊郊。」並木快嘴回答，迅速地與對方擦身而過。大吉追上前去，和他一起蹲下來笑。這是他們出生以來第一次這樣玩，因此兩人都非常雀躍，屢試不爽。玩著玩著，路上不再出現問話的人，隔壁村也到了。隨著三人進到本村、母子分頭的地點愈來愈接近，兄弟兩人稍微不安了起來，這是可想而知的。他們交替發問。

「媽，我們郊遊比妳早結束怎麼辦？」
「那就去水月樓下面的沙灘玩丟石頭吧。」
「本村的小孩來欺負我們怎麼辦？」
「嗯，並木也欺負回去啊。」
「他們比我們厲害怎麼辦？」
「沒骨氣地哇哇大哭就好啦。」
「會被笑。」
「對，會被笑。媽媽要是在水月樓二樓聽到哭聲的話，會拍手笑你。」
「媽媽的歡迎會是在看得見海灘的房間辦嗎？」
「大概吧。」
「那妳要三不五時探頭出來看喔。」
「好好好，我會看你們，向你們揮手。」
「其他孩子知道我們是大石老師的小孩，搞不好會想欺負我們。」
聽並木這麼一喊，大石老師不禁咧嘴而笑：「哇，你叫媽大石老師啊……」

她本來想說自己現在在海岬人稱「愛哭鬼老師」，但最後還是作罷。三人來到分頭的路口了，兄弟兩人開始爬八幡山。大吉才走不到十間[31]便大喊：「媽，如果下雨了怎麼辦？」

「傻瓜，你們自己想辦法。」

再走不到十分鐘就能到達水月樓了。老師筆直前進，結果早苗、美佐子像小孩子似的從對面跑了過來。

「老師。」

兩人也不好好打招呼，從兩側撲向她。

「老師，有個稀客來了，妳猜是誰？」早苗說。

「稀客？」

「老師要是猜一遍就中，我們就服了妳。美佐子，對吧？」

兩人像在惡作劇似地對著彼此點頭，嘻嘻哈哈。

31　尺貫法系統下的長度單位，一間約一點八公尺。

「哎呀，真可怕，你們會服我還是不服呢？二選一呢。好，說到稀客，也就只有那兩個人了吧。富士子或小松？」

「哇，怎麼辦！」早苗像個孩子似地大呼小叫。

「猜中了？兩個人都來了？」

「不，只有一個人，一個。要猜猜嗎？哇，妳已經知道了，人就在這嘛。」

三人已來到水月樓前方。學生們以小鶴和益野為中心排排站在玄關正中央，似乎一直盯著外頭看。大石老師看到戴墨鏡的磯吉，心頭一驚，這時站在益野旁邊、身穿風雅和服的女性突然攀上老師的肩膀，放聲哭泣。

「老師，是我，是松江。」

老師立刻就察覺了，早在她報上姓名前。

「哎呀，真的是很難得見一次面呢。小松，妳能來真是太好了，真的。謝謝妳，小松。」

松江嗚咽地說：「我收到益野的信，想說錯過這次的話，真的要一輩子被人排擠了，所以我把羞恥心和面子全都拋掉，跑了過來喔。老師，請原諒我。」

她的哭法才真的是拋開了羞恥心與面子，益野見狀故意抓住她的衣領，將她往回拉。

「喂，小松，老師可不是妳一個人的啊。來，差不多了，上樓吧，走吧。」

座位果然面海。

「擠吉，你好。」

老師牽起磯吉的手，想和他一起上樓。

「啊，老師，好久不見了。」

「七年不見囉。」

「是啊，我變成這副德性了。」

磯吉稍微停下腳步，低下頭去，但還是在老師的牽引下上樓了。天空烏雲消散了一些，正午的太陽在海面上閃閃發亮。二樓明亮到近乎刺眼，從面山、靠北側的窗戶望出去卻會覺得快下雨了，天色非常奇妙。店家打通了兩間八張榻榻米大的房間，清爽的風充盈室內，感覺舒服地浸溼肌膚。

「哎呀呀，景色真美呢，你來看看……」

扶手旁的小鶴沒特地要向誰搭話，轉頭一看，突然遮住嘴巴不再說下去了。因為她看到磯吉了。益野彷彿要打破那尷尬的沉默，用她一貫自若的聲音說：「來，老師來這，請和擠吉坐在一起，這邊給小松坐。你們坐老師兩邊，聊天聊個夠吧。其他人隨便坐囉。」

益野像是胡亂拋出一個想法，但其實是體貼地進行判斷。老師悄悄感覺到了。

「一年級的大家想要一起歡迎老師，所以……」益野瞄了磯吉一眼，還是沒把話說完，而是指了指凹間。那裡有個明信片大小的框靠著木雕的牛形飾品，框裡裝著獨立大松下的合照。早苗簡單但莊重地開場問候完大家，益野又緊接著說：「好，接下來大家就別拘謹了，當作變回一年級生了。擠吉，你說好吧？」

磯吉正經八百、畢恭畢敬，此刻笑咪咪地揉了揉膝蓋。剛剛就急著想找機會跟老師聊天的松江溜了過去，湊近她的臉說：「老師，謝謝您照顧千里，我得知這件事時好開心、好開心。我已經沒有臉來見老師了，但不管別人多麼蔑視我，我都不會忘記老師的。那個便當盒，到現在都還在我的手邊，我珍惜得很。」

她說完用手帕沾了沾眼角。益野見狀，搗亂似地說：「小松怎麼又──來了，酒都還沒喝就開始胡言亂語啦。別說了，別那樣說話。別在老師面前說那些，回到從前吧！」她拍了松江的肩膀一下。

松江動怒了，怒氣中卻又帶著開朗：「我就是在講往事啊。欸，老師，戰爭期間我甚至帶那個便當盒進防空洞保護它喔。要我給女兒什麼都行，就只有那個便當盒不行，它是我的寶貝。老師，我今天也拿它裝米過來了喔。」

「啊，對喔。」吉次說著說著從國民服的側邊口袋取出一個小小的布袋，「來，這是俺的餐費。」

「沒關係嘛，廚房，你也帶了魚來啊。」

看來今天的歡迎會是採取各自攜帶食物的方式進行的，大石老師心想，同時非常想找松江問話，因為她不知道松江說的便當盒究竟是什麼。有什麼便當盒寶貝到得帶進防空洞呢？

老師已經將那個百合花圖案的便當盒忘得一乾二淨了。

「小松，妳說的便當盒是什麼？」她小聲問。

松江激動到嗓音都岔了：「哎呀，老師，妳忘了嗎？那我去拿來。」

她咚咚咚地跑下樓，很快地又咚咚咚地踩上階梯，用嬰兒玩遮臉遊戲似的手勢展示，向大家展示她的空便當盒。

「如何啊，這是我升上五年級時老師送我的喔。各位，如何？如何？」
大家發出「哇」一聲歡呼。
「老師，我真是錯看妳了，妳竟然只偏愛小松一個人。我都不知道，不知道耶。」益野抗議，又引起了哄堂大笑。
然而，老師淚潸潸地看著那個便當盒。
看到它後，老師回想起來了。小松從來不曾拿它裝飯菜去學校。校外參觀時，老師曾看到松江在棧橋前小料理店大喊天婦羅烏龍麵，那身影久違地浮現腦海，與眼前的松江合而為一。可憐的松江，熬過了那段可憐生涯，卻又把那過程當作恥辱，表現得卑微……
飯菜緩緩上桌了，松江率先起身，以兩手拿起啤酒和汽水，熟練地幫大家倒飲料。益野確認大家手中都有杯子後說：「來，敬老師，乾杯！」
益野最先乾掉杯子裡的飲料，接著把松江倒的第二杯也乾了，然後大嘆一口氣：
「唉，要是仁太和漁家也在就好了，那就沒話可說了呢，老師。擠吉、漁家、廚房、仁太這幾個人品好的傢伙就能湊齊了。竹一升學後變得有點一板一眼，不過人很好。我們班全是好人嘛，男生卻沒什麼好下場，女生嘗遍了人間冷暖。小鶴和早苗算是吃了很多苦，不過第一慘的就是我和小松吧。但我們人還是不差啊，我是覺得吃多少苦，就懂多少事。小美這種賢妻良母和小鶴、早苗這種晚婚貴族辦不到的事，我們可辦得到。小松，對吧？我們來大喝吧！」她話說完往松江的杯子裡倒啤酒，在場只有這兩人喝啤酒。小鶴打從一開始就坐在磯吉旁邊一再幫他張羅食物，松江則一下坐、一下又站起來端食物，動作頻頻，彷彿在工作崗位上。吉次還是像以前一樣文靜地吃吃喝喝，坐他旁邊的早苗笑出聲來，看著老師說：「欸，老師會不會覺得，在這種場合最沒用處的就是學校老師啊？」

老師聳肩笑了。

這時美佐子忸怩地說：「我才沒用呢。」引起了雷動的笑聲。益野喝得相當醉了，湊到磯吉旁邊，塞了個杯子到他手中：「來，擠吉，你要成為按摩師了，再喝一杯吧。」

大石老師發現他打從一開始就正襟危坐至今，正經又恭敬。

「擠吉，大家現在都很沒規矩喔，你也放鬆一點如何？」

聽到老師這麼說，磯吉微微側首，手伸到後腦勺去：「老師，不是的，其實我這樣子比較舒服。」

他過去以成為當鋪保鑣為目標，十幾歲時膝蓋受了很多磨難，如今有了後遺症。他現在快三十歲了，又輪到手腕要操勞。靠那雙業已僵化的手，他能順利成為按摩師嗎？但除了當上按摩師之外，他也沒有其他討生活的方法了。按摩師傅不想收這種弟子，但在益野奔走下，他順利住進了師傅家。

她簡直是用對待弟弟的口氣在損磯吉：「擠吉，你變成了瞎子回到故鄉，所以大家都覺得你很可憐，很顧慮你眼睛失明這件事喔。擠吉，你可不能因為眼睛瞎了就服輸喔。擠吉，就算別人叫你瞎子、瞎子，你也要平心靜氣喔。」

啤酒灑到磯吉的膝蓋上了。他快速喝完酒，對益野回嘴：「小益啊，別瞎子、瞎子說個沒完啦，我都知道。大家不要顧慮我，要聊照片、要說我瞎子都可以大剌剌地來。」

在場所有人不禁面面相覷，然後笑了出來。大家這時才開始傳照片看，彷彿被他這麼一說，不看也不行了。大夥兒各自對照片品評了一番，而小鶴看完後毫不猶豫地傳給磯吉。

「來，大松下拍的照片！」

也許是有點醉了吧，磯吉將照片拿到眼前，一副真的看得見的模樣。旁邊的吉次嚇了一跳，像是有什麼新發現：「擠吉，你是不是稍微看得見啊。」

磯吉笑了出來：「我眼珠了不在了啊，廚房。不過呢，這張照片我是看得到的。喏，你們看，正中央這個是老師對吧？俺、竹一和仁太排在她前面，老師右邊的是小益，這邊是富士子。小松雙手握在一起，只有左手小指是翹起來的。然後……」

磯吉把握十足地用食指指出照片中排排站的一個又一個同學，指的位置都稍微偏了一些。吉次沒答腔，大石老師代替他回應：「對，對，沒錯，對。」

老師以開朗的聲音配合他的指認，臉頰上掛著兩行淚水。所有人都沉默不語，這時早苗倏地起身。喝醉酒的益野一個人倚著扶手唱歌。

春日高樓花宴開

杯觥交錯落影來

益野閉著眼睛唱歌，彷彿沉醉在自己美妙的歌喉當中。她曾在六年級才藝發表會上壓軸獨唱，博得許多人氣，當時唱的就是這首歌。早苗突然把頭埋到益野背上，抽抽噎噎地哭了起來。

壺井榮年表

一八九九年	出生	八月五日出生於香川縣小豆郡（現在的小豆島町），舊姓岩井，是家中第五個女兒。
一九一一年	十二歲	以第一名的成績從坂手尋常小學畢業。
一九一三年	十四歲	內海高等小學畢業。
一九一四年	十五歲	在村裡的郵局工作，月薪為兩日圓。 七月，第一次世界大戰爆發。
一九一七年	十八歲	工作過勞罹患肋膜炎，辭去郵局的工作。 十一月，第一次世界大戰結束。
一九二〇年	二十一歲	在鄉公所工作。
一九二五年	二十六歲	搬至東京。和壺井繁治結婚。住在同一區的還有林芙美子、平林たい子。
一九二八年	二十九歲	投稿自傳散文〈普羅文人之妻日記〉至《婦女界》雜誌的徵文比賽，獲得入選。
一九三四年	三十五歲	以「壺井豐子」的名義在《進步》雜誌發表小說〈崖下之家〉。
一九三八年	三十九歲	短篇小說〈蘿蔔的葉子〉刊載於《文藝》雜誌，正式以作家身分出道。
一九四〇年	四十一歲	短篇小說集《曆》由ＮＯＣＨＩ文庫發行。 短篇小說集《祭著》由河出書房發行。
一九四一年	四十二歲	《曆》獲得第四屆新潮社文藝獎。第一本隨筆集《我的雜記帖》發行。

一九四五年	四十六歲	發表短篇小說〈石臼之歌〉。
一九四七年	四十八歲	發表小說〈海邊的四季〉、〈妻之座〉。
一九四八年	四十九歲	在《每日小學生新聞》連載小說〈海邊村莊的孩子們〉。
一九四九年	五十歲	四月，短篇小說集《種著柿子樹的家》由新潮社發行。
一九五一年	五十二歲	六月，短篇小說〈坡道〉發表於《少年少女》雜誌。 十一月，〈海邊村莊的孩子們〉改題為《沒有母親的孩子與沒有孩子的母親》，由光文社發行。
一九五二年	五十三歲	三月，包含〈坡道〉在內的十篇短篇小說集《坡道》由中央公論社發行；《坡道》、《沒有母親的孩子與沒有孩子的母親》獲得第二屆藝術選獎文部科學大臣獎。 小說《二十四隻瞳》發表於《*New Age*》雜誌。 十一月，《沒有母親的孩子與沒有孩子的母親》改編為電影上映。
一九五四年	五十五歲	九月，小說《二十四隻瞳》改編為電影上映。
一九五五年	五十六歲	小說〈雜居家族〉發表。〈風〉獲得第七屆女流文學獎。 十一月，《種著柿子樹的家》改編為電影上映。
一九五八年	五十九歲	短篇小說集《明天的風》由新潮社發行。
一九六二年	六十三歲	《明天的風》改編為電視連續劇，由日本放送協會播出。
一九六七年	六十八歲	內海町（現在的小豆島町）頒予榮譽町民的殊榮。 六月二十三日，氣喘發作逝世。

日本近代文學大事記

一八八五年	明治十八年	四月，坪內逍遙的文學論述《小說神髓》出版，講述近代小說的理論與方法，提出寫實主義，影響了之後的日本近代文學。 五月，尾崎紅葉、山田美妙、石橋思案、丸岡九華等人成立文學團體硯友社，推崇寫實主義，創刊日本近代第一本文藝雜誌《我樂多文庫》。
一八八六年	明治十九年	四月，二葉亭四迷發表文學理論〈小說總論〉，補充了《小說神髓》的不足之處，兩者皆為對於日本近代小說的重要評論。 七月，谷崎潤一郎出生於東京市（現東京都）。
一八八七年	明治二十年	六月，二葉亭四迷發表長篇小說〈浮雲〉，此作以言文一致的筆法寫成，宣告日本近代文學開始。
一八八八年	明治二十一年	十二月，菊池寬出生於香川縣。
一八八九年	明治二十二年	一月，饗庭篁村、山田美妙等十四名文學同好共同編輯文藝雜誌《新小說》。同月，夏目漱石初識正岡子規，開始進行創作。 四月，尾崎紅葉出版《二人比丘尼色懺悔》，登上硯友社主導地位。 五月，夏目漱石於評論子規《七草集》時首次使用漱石的筆名。 九月，幸田露伴的小說《風流佛》出版。明治二十年代，幸田露伴與尾崎紅葉並列為兩大代表作家，文壇稱作「紅露」。 十一月，泉鏡花入尾崎紅葉門下。

一八九〇年	明治二十三年	一月，森鷗外發表短篇小說〈舞姬〉，對之後浪漫主義文學的形成有極大影響。
一八九二年	明治二十五年	三月，芥川龍之介出生於東京市（現東京都）。
一八九三年	明治二十六年	一月，島崎藤村與北村透谷創刊文學雜誌《文學界》，以浪漫主義為主，對抗當時主導文壇的硯友社。
一八九四年	明治二十七年	八月，甲午戰爭爆發。 十二月，樋口一葉接連創作出〈大年夜〉、〈濁流〉、〈青梅竹馬〉、〈岔路〉和〈十三夜〉等，轟動文壇。此時至一八九六年一月，後世評論者稱之為「奇蹟的十四個月」。
一八九五年	明治二十八年	一月，學術藝文雜誌《帝國文學》創刊。 四月，甲午戰爭結束。 六月，泉鏡花於純文學雜誌《文藝俱樂部》發表短篇小說〈外科室〉，帶起甲午戰爭後的觀念小說風潮。 十二月，金子光晴出生於愛知。
一八九六年	明治二十九年	一月，森鷗外、幸田露伴、齋藤綠雨創辦雜誌《醒草》，提倡近代詩歌、戲劇的改良。 十一月，樋口一葉逝世。
一八九八年	明治三十一年	一月，國木田獨步於雜誌《國民之友》發表小說〈武藏野〉，以浪漫派作家身分展開創作生涯。 三月，橫光利一出生於福島。 十二月，黑島傳治出生於香川縣。
一八九九年	明治三十二年	五月，壺井榮出生於香川縣。 六月，川端康成出生於大阪市。
一九〇〇年	明治三十三年	四月，與謝野鐵幹和與謝野晶子創立《明星》詩刊，傳承浪漫派精神。

一九〇三年	明治三十六年	三月，國木田獨步發表小說〈命運論者〉，此作與十月發表的小說〈老實人〉筆法轉向寫實，為開啟自然主義派先鋒之作。 十月，尾崎紅葉逝世。 十二月，小林多喜二出生於秋田縣。
一九〇四年	明治三十七年	二月，日俄戰爭爆發。
一九〇五年	明治三十八年	一月，夏目漱石於《杜鵑》發表〈我是貓〉，大獲好評。 七月，蒲原有明發表詩集《春鳥集》，引領日本現代詩的象徵主義。同月，石川達三出生於秋田縣。 九月，日俄戰爭結束。
一九〇六年	明治三十九年	三月，島崎藤村自費出版小說《破戒》。此作與夏目漱石的〈我是貓〉並譽為二十世紀初寫實主義的雙璧。 十月，坂口安吾出生於新潟縣。
一九〇七年	明治四十年	一月，在森鷗外的支持下，上田敏等人成立文藝雜誌《昴星》，標誌著新浪漫主義的衍生。 九月，田山花袋於雜誌《新小說》發表小說〈棉被〉，為自然主義的先驅，也是私小說的起點之作。 十月，小山內薰創刊《新思潮》雜誌，引介歐美戲劇以及文藝動向，隔年三月停刊。
一九〇八年	明治四十一年	六月，國木田獨步逝世。
一九〇九年	明治四十二年	三月，大岡昇平出生於東京市（現東京都）。 五月，二葉亭四迷逝世。 六月，太宰治出生於青森縣。

一九一〇年	明治四十三年	四月，志賀直哉、武者小路實篤、有島武郎、有島生馬創刊《白樺》雜誌，提倡新理想主義和人道主義。 五月，永井荷風創辦雜誌《三田文學》。 六月，社會主義者策畫暗殺明治天皇，政府大肆搜捕社會主義者和無政府主義者，史稱「大逆事件」。幸德秋水與同夥遭逮捕審判，翌年判處死刑。 九月，以小山內薰為首，集結谷崎潤一郎、和辻哲郎、後藤末雄等人第二次創立《新思潮》雜誌。 十月，山田美妙逝世。
一九一二年	大正元年	一月，德田秋聲的《黴》出版單行本，獲得空前的評價。一九一〇年發表的小說《足跡》也趁勢出版。兩部作品令德田秋聲奠定自然主義的地位。
一九一四年	大正三年	二月，山本有三、豐島與志雄、久米正雄、芥川龍之介、松岡讓、菊池寬等人第三次創立《新思潮》雜誌。久米正雄發表〈牛奶場的兄弟〉，豐島與志雄發表〈湖水與他們〉，皆為新思潮派的代表作。 七月，第一次世界大戰爆發。
一九一五年	大正四年	十月，芥川龍之介於雜誌《帝國文學》發表〈羅生門〉。在松岡讓的介紹下入夏目漱石門下。
一九一六年	大正五年	二月，菊池寬、芥川龍之介、久米正雄、松岡讓和成瀨正一等人第四次創立《新思潮》雜誌。芥川龍之介的短篇小說〈鼻〉受到夏目漱石激賞。 十二月，夏目漱石逝世。
一九一七年	大正六年	二月，萩原朔太郎自費出版第一本詩集《吠月》，獲得森鷗外讚賞，開拓象徵詩派的新領域。

一九一八年	大正七年	十一月，第一次世界大戰結束。同月，武者小路實篤於宮崎縣木城村發起「新村運動」，建立勞動互助的農村生活，實踐其奉行的人道主義。
一九二一年	大正十年	一月，志賀直哉開始於《改造》雜誌連載小說〈暗夜行路〉。 二月，小牧近江、今野賢三、金子洋文創刊雜誌《播種人》，鼓吹擁護蘇俄的共產革命，劃下無產階級文學時代的開始。
一九二二年	大正十一年	菊池寬創刊《文藝春秋》，致力於培養年輕作家。
一九二三年	大正十二年	一月，菊池寬創立文藝春秋出版社。 九月，關東大地震後，政府趁動亂鎮壓左翼運動者，社會主義評論家大杉榮遭憲兵隊殺害，無產階級文學運動暫時受挫停擺。谷崎潤一郎舉家從東京遷移至京都。
一九二四年	大正十三年	六月，《播種人》改名《文藝戰線》復刊。 十月，橫光利一、川端康成、今東光、石濱金作、片岡鐵兵、中河與一等人創刊雜誌《文藝時代》，主張追求新的感覺。雜誌第一期揭載橫光利一的短篇小說〈頭與腹〉促成「新感覺派」的開始。
一九二五年	大正十四年	一月，三島由紀夫出生於東京市（現東京都）。 十二月，《文藝戰線》雜誌集結無產階級文學雜誌、學者，成立「日本無產階級文藝聯盟」，使無產階級文學得以迅速發展。
一九二六年	昭和元年	十一月，無產階級文學運動第一次內部分裂。「日本無產階級文藝聯盟」內部實行改組，改名為「日本無產階級藝術聯盟」。遭排除的非馬克思主義者另立「無產派文藝聯盟」，創立雜誌《解放》。
一九二七年	昭和二年	二月，芥川龍之介於文學講座上公開批評谷崎潤一郎的小說，展開一連串芥川與谷崎的小說藝術爭論。兩人於《改造》雜誌上撰文駁斥對方筆戰，直至七月芥川自殺。

一九二八年	昭和三年	五月，《文藝時代》宣布停刊。 六月，葉山嘉樹、林房雄、藏原惟人、黑島傳治、村山知義等人遭「日本無產階級藝術聯盟」剔除，另組「勞農藝術家同盟」。 十一月，藏原惟人退出「勞農藝術家同盟」，另組「前衛藝術家同盟」。 三月，藏原惟人為了讓無產階級文學運動者不再分裂對立，結合「日本無產階級藝術聯盟」、「日本無產階級藝術聯盟」、「勞農藝術家同盟」等團體組成「日本左翼文藝家」，之後誕生「全日本無產者藝術聯盟」。 五月，濟南事件。 六月，中村武羅夫公開發表評論〈是誰踐踏了花園！〉，公開抨擊無產階級文學。 十二月，「全日本無產者藝術聯盟」創立文藝雜誌《戰旗》，迎來無產階級文學的高峰。
一九二九年	昭和四年	三月，小林多喜二完成小說〈蟹工船〉，發表於《戰旗》雜誌。此作為無產階級文學的代表作，受到國際高度評價。 十月，橫光利一、川端康成、犬養健、堀辰雄等人創刊《文學》雜誌。 十二月，中村武羅夫、川端康成、龍膽寺雄、淺原六朗、嘉村礒多、久野豐彥、岡田三郎、飯島正、加藤武雄、權崎勤、尾崎士郎、佐佐木俊郎、翁久允等人組成「十三人俱樂部」，號稱「藝術派十字軍」。
一九三〇年	昭和五年	四月，以「十三人俱樂部」為中心，吸收其他現代主義派作家如舟橋聖一、阿部知二、井伏鱒二、雅川滉，成立「新興藝術派俱樂部」，公開反對馬克思主義，取代新感覺派成為文壇上最大宗的現代藝術派別。 七月，小林多喜二因〈蟹工船〉遭到當局以不敬罪起訴，遭捕入獄。 十一月，黑島傳治發表以濟南事件為題材的長篇小說《武裝的城市》，遭當局禁止發行。

一九三一年	昭和六年	十一月，「全日本無產者藝術聯盟」底下的專業同盟與其他無產階級文化團體合併為「日本無產階級文化聯盟」，創辦《無產階級文化》雜誌。
一九三二年	昭和七年	三月，保田與重郎創刊《我思故我在》，反對無產階級派和現代藝術派，主張回歸日本傳統，為「日本浪漫派」之前身。
一九三三年	昭和八年	二月，小林多喜二遭當局逮捕殺害。 五月，室生犀星、井伏鱒二等人成立「秋聲會」，島崎藤村並成立「德田秋聲後援會」鼓勵創作低迷的德田秋聲。 十月，小林秀雄、林房雄、武田麟太郎、川端康成、廣津和郎、深田久彌、宇野潔二等人重新創立新《文學界》雜誌。另一方面，舟橋勝一、阿部知二成立《行動》雜誌。 十二月，《無產階級文化》發行最後一期，隔年「日本無產階級文化聯盟」被迫解散。
一九三五年	昭和十年	二月，坪內逍遙逝世。同月，直木三十五逝世。 四月，菊池寬為紀念好友芥川龍之介與直木三十五，創立「芥川賞」與「直木賞」。前者為鼓勵純文學新人作家，後者則是給予大眾作家的榮譽肯定。第一屆芥川賞頒予石川達三的〈蒼氓〉，直木賞得獎作家為川口松太郎。
一九三六年	昭和十一年	二月，陸軍中「皇道派」的青年軍官率領數名士兵，刺殺「統制派」政府官員，包含兩任前首相，並且一度占領東京。後來遭到撲滅。此政變又稱「帝都不祥事件」。 三月，武田麟太郎、本庄陸男、平林彪吾等人創立《人民文庫》，獲得無產階級派作家的支持。另一方面，保田與重郎、神保光太郎、龜井勝一郎、中島榮次郎、中谷孝雄、緒方隆士等人創刊《日本浪漫派》雜誌，伊東靜雄、太宰治、檀一雄等人也加入其中。
一九三七年	昭和十二年	四月，永井荷風出版小說《墨東綺譚》，此作體現荷風小說的深沉內涵，也流露出對時局的消極反抗。 十二月，日軍占領中國南京。

一九三八年	昭和十三年	二月，菊池寬以促進文藝發展、表彰卓越作家為目的，成立日本文學振興會。 三月，石川達三目睹南京大屠殺慘況後，寫成小說《活著的士兵》，發表後遭當局判刑。
一九三九年	昭和十四年	九月，第二次世界大戰爆發。同月，泉鏡花逝世。
一九四一年	昭和十六年	十二月，太平洋戰爭爆發。
一九四三年	昭和十八年	八月，島崎藤村逝世。 十月，黑島傳治逝世。 十一月，德川秋聲逝世。
一九四五年	昭和二十年	八月，日本宣布無條件投降。 十二月，秋田雨雀、江口渙、藏原惟人、德永直、中野重治、藤森成吉、宮本百合子等戰爭期間遭受鎮壓的無產階級作家為中心，組成「新日本文學會」。
一九四六年	昭和二十一年	一月，荒正人、平野謙、本多秋五、植谷雄高、山室靜、佐佐木基一、小田切秀雄等人創刊《近代文學》，提倡藝術至上主義，邁開戰後文學第一步。 五月，太宰治在《東西》雜誌發表無賴派宣言：「我是自由人，我是無賴派。」無賴派因此得名。 六月，坂口安吾《墮落論》出版。 七月，谷崎潤一郎重新執筆因戰爭而停止連載的小說《細雪》，至隔年三月共完成三冊。
一九四七年	昭和二十二年	七月，太宰治於《新潮》雜誌連載小說〈斜陽〉，同年十二月出版。 十二月，橫光利一逝世。

一九四八年	昭和二十三年	五月，太宰治完成〈人間失格〉。此作與〈斜陽〉皆為無賴派體現於小說創作上的代表作。 六月，太宰治自殺。同月，菊池寬逝世。
一九五〇年	昭和二十五年	六月，韓戰爆發。
一九五一年	昭和二十六年	一月，大岡昇平於《展望》雜誌發表〈野火〉，隔年出版，成為戰爭文學代表作之一。
一九五二年	昭和二十七年	二月，壺井榮於基督教雜誌《*New Age*》連載小說《二十四隻瞳》，同年十二月出版。
一九五三年	昭和二十八年	七月，簽署停戰協定。韓戰結束。
一九五八年	昭和三十三年	一月，大江健三郎於《文學界》發表短篇小說〈飼育〉，同年獲得芥川賞，是當時有史以來最年輕的受獎者。
一九五九年	昭和三十四年	四月，永井荷風逝世。
一九六五年	昭和四十年	七月，谷崎潤一郎逝世。
一九六八年	昭和四十三年	十月，川端康成以《雪國》、《千羽鶴》及《古都》等作品獲得諾貝爾文學獎，為歷史上首位獲獎的日本人。
一九七〇年	昭和四十五年	十一月，三島由紀夫發動政變失敗後自殺。
一九七一年	昭和四十六年	十月，志賀直哉逝世。
一九七二年	昭和四十七年	四月，川端康成逝世。

作者

壺井榮（一八九九—一九六七）

一八九九年出生於香川縣小豆郡（現在的小豆島町），本名為岩井榮。年幼時父親破產，經濟陷入困難，壺井榮一邊負擔家計，同時憑第一名的成績，自小學、中學畢業。

一九二五年，壺井榮前往東京，與詩人壺井繁治結婚。在丈夫的交友影響下，她結識許多文學家友人如林芙美子、宮本百合子、佐多稻子，受到周遭文士的薰陶，開始執筆寫作。一九二八年，壺井榮投稿自傳散文〈普羅文人之妻日記〉至《婦女界》雜誌的徵文比賽，獲得入選。在這之後，她也以「壺井豐子」的名義在雜誌發表小說，但並未正式以作家身分出道。直到一九三六年，佐多稻子推薦她讀坪田讓治的《風中的孩子》，並建議她為孩子撰寫兒童文學，才令壺井榮決心寫作。她於一九三八年正式以作家身分發表第一篇小說作品〈蘿蔔的葉子〉，在宮本百合子的力薦下，原本預定刊登於《文藝春秋》雜誌，後來刊載於隔年發行的《文藝》雜誌。一九四一年，短篇小說集《曆》獲得第四屆新潮社文藝獎；一九五二年，《坡道》、《沒有母親的孩子與沒有孩子的母親》獲得第二屆藝術選獎文部科學大臣獎；一九五五年，短篇小說〈風〉獲得第七屆女流文學獎。

壺井榮的作品也多次改編為電影、電視劇。《沒有母親的孩子與沒有孩子的母親》改編為電影；《明天的風》改編為電視連續劇，由日本放送協會播出。反戰名作《二十四隻瞳》更九度改編為影劇作品，其中以一九五四年木下惠介導演改編的電影最廣為人知，並奉為日本影史上最偉大的電影之一，是長存於日本人民心中的經典。

一九六七年六月二十三日，壺井榮因氣喘發作逝世，享年六十八歲。在她去世後，香川縣政府於一九七二年設立壺井榮文學獎，鼓勵後起的兒童文學創作者，也為紀念這位傑出的作家。

譯者

黃鴻硯

公館漫畫私倉兼藝廊「Mangasick」副店長，文字工作者。翻譯、評介、獨立出版海內外另類漫畫或畫集，企劃相關展覽。譯作有《惡童當街》、《乒乓》、《少女椿》、《芋蟲》、《喜劇站前虐殺》、《Another episode S》、《觸發警告》、《德古拉元年》、《飄》（合譯）等。

幡 003　**二十四隻瞳**

作者	壺井榮
譯者	黃鴻硯
總策劃	楊照
封面設計	王志弘
責任編輯	丁寧
校對	魏秋綢
國際版權	吳玲緯、蔡傳宜
行銷	艾青荷、蘇莞婷、黃家瑜
業務	李再星、陳玫潾、陳美燕
副總編輯	巫維珍
編輯總監	劉麗真
總經理	陳逸瑛
發行人	凃玉雲
出版	麥田出版 地址：10483台北市中山區民生東路二段141號5樓 電話：(02)2500-7696 傳真：(02)2500-1967
發行	英屬蓋曼群島商家庭傳媒股份有限公司城邦分公司 地址：10483台北市中山區民生東路二段141號11樓 網址：www.cite.com.tw 客服專線：(02)2500-7718｜2500-7719 24小時傳真專線：(02)-2500-1990｜2500-1991 服務時間：週一至週五09:30-12:00｜13:30-17:00 劃撥帳號：19863813 戶名：書虫股份有限公司 讀者服務信箱：service@readingclub.com.tw
香港發行所	城邦（香港）出版集團有限公司 地址：香港灣仔駱克道193號東超商業中心1樓 電話：+852-2508-6231 傳真：+852-2578-9337 電郵：hkcite@biznetvigator.com
馬新發行所	城邦（馬新）出版集團【Cite(M) Sdn. Bhd. (458372U)】 地址：41, Jalan Radin Anum, Bandar Baru Sri Petaling, 57000 Kuala Lumpur, Malaysia. 電話：+603-9057-8822 傳真：+603-9057-6622 電郵：cite@cite.com.my
麥田部落格	http://ryefield.pixnet.net
印刷	漾格科技股份有限公司
初版	2018年8月
售價	360元
ISBN	978-986-344-574-6

國家圖書館出版品預行編目(CIP)資料

二十四隻瞳／壺井榮作；黃鴻硯譯. -- 初版. -- 臺北市：麥田，
城邦文化出版：家庭傳媒城邦分公司發行，民107.08
　面；　公分（幡；3）
譯自：二十四の瞳
ISBN 978-986-344-574-6（平裝）
861.57　　107009848